光文社古典新訳文庫

おれにはアメリカの歌声が聴こえる——草の葉(抄)

ホイットマン

飯野友幸訳

kobunsha classics

光文社

Title : LEAVES OF GRASS
1855-1892
Author : Walt Whitman

はじめに

ホイットマンは一九世紀はじめに生まれ、約七十年間の生涯の間にアメリカはヨーロッパの先進国と肩を並べるまでに成長しました。まさに激動の時代だったといえるでしょう。しかし、進歩と発展があった一方で、詩人として出発した数年後には国を二分する南北戦争が起こり、また戦争直後にはリンカーン大統領が暗殺されました。ホイットマンはそのような時代の光と影をつぶさに眺め、狂喜したり悲嘆したりしながら詩を書きつづったのです。

二〇世紀は「アメリカの時代」とも呼ばれ、政治・経済・軍事などの面で世界の覇権を握りました。けれども、二一世紀に入った途端、テロ攻撃で出鼻をくじかれ、急に様々な問題を露呈しています。その元を辿《たど》れば、一九世紀に行きつくでしょう。

詩人の作品には多かれ少なかれ時代が反映されるはずなので、この詩人の言葉のうちに、現代の日本に住むわれわれと実は関係のあるひとつの時代の流れ、その匂いを、若い方々にも感じとっていただければ幸いです。それぞれの詩に解説もつけたので、参考にしてください。

訳者

『おれにはアメリカの歌声が聴こえる——草の葉（抄）』目次

おれにはアメリカの歌声が聴こえる――草の葉（抄）

Leaves of Grass

by

Walt Whitman

自己なるものをおれは歌う

自己なるものをおれは歌う、つまり単なる一個人を、
それでいて**民主的**という言葉も、**大衆**《アン・マス》という言葉もおれは発する。

生理学について、つまり頭のてっぺんから爪先まで、おれは歌う
骨相学のみ、脳髄のみでは**詩神**は満足しない、**身体**全体こそが満足させる、
男と同等に**女**もおれは歌う。

生について、つまり情念、脈動、活力にあふれ、
元気で、自由自在な活動のため神聖なる法のもと形作られた生について、
現代人について、おれは歌う。

自己なるものをおれは歌う（詩群「献詞」より）一八六七年

この詩集『草の葉』の冒頭をかざるマニフェストのような一編（ただし、初版には収められていなかった）。民主主義を賞揚したホイットマンにとっては個人とその集合体である民衆が大事であった。そして、対立項もすべて抱えこんだ全体を、そしてあふれんばかりの生を「歌う」ことを宣言し、この詩集全体の趣旨と主張を力強くまとめあげる。なお、長大な『草の葉』はいくつかの「詩群（cluster）」に分かれており、以下の各詩への解説では題名の下にそれを、その下に初出年を記す。

おれにはアメリカの歌声が聴こえる

おれにはアメリカの歌声が聴こえる、いろいろな賛歌がおれには聴こえる、
機械工たちの歌、誰もが自分の歌を快活で力強く響けとばかり歌っている、
大工は大工の歌を歌う、板や梁《はり》の長さを測りながら、
石工は石工の歌を歌う、仕事へ向かうまえも仕事を終わらせたあとも、
船頭は自分の歌を歌い、甲板員は蒸気船の甲板で歌う、
靴屋はベンチに座りながら歌い、帽子屋は立ったまま歌う、
木こりの歌、農夫の歌、朝仕事に向かうときも、昼休みにも、夕暮れにも、
母親の、仕事をする若妻の、針仕事や洗濯をする少女の心地よい歌、
誰もが自分だけの歌を歌っている、
昼は昼の歌を歌う――夜は屈強で気のいい若者たちが大声で美しい歌を力強く歌う。

おれにはアメリカの歌声が聴こえる（詩群「献詞」より）一八六〇年

アメリカのさまざまな労働者を次々に列挙し、みんなが陽気に歌っているさまを描くことで、自分の国の生き生きとした姿を浮き彫りにする。アメリカこそ最良の詩の題材、と信じてやまなかったホイットマンならではの作品。また、一本調子に並べあげていくやり方は「カタログ手法」などと呼ばれる（通販のカタログがひたすらモノを並べていくように）。単調さをものともせず、というかむしろそれを利用して独特のリズム感を作りだしている。ジャーナリストとして市井《しせい》の人々を観察したホイットマンの面目躍如といったところ。ちなみに、何人もの作曲家がこの詩に曲をつけている。

おれ自身の歌（抄）

1

おれはおれを祝福し、おれのことを歌う。
そしておれがこうだと思うことを、おまえにもそう思わせてやる。
おれの優れた原子ひとつひとつが、おまえにもそなわっているからだ。

おれはゆったりくつろぎながらわが魂を招喚する、
おれはゆったり寄りかかりながら剣の先のような夏草を眺める。

おれの舌が、おれの血の原子ひとつひとつが、この土から、この空気から作られ、
ここで生まれた、そしておれを産んだ両親もここで生まれ、そのまた両親も

　ここで生まれ、そのまた両親もここで生まれた、
おれは今三十七歳、すこぶる健康のうちに書きはじめ、
死ぬまでやめないつもりだ。

もろもろの信条だの学派だのはうっちゃっておこう、
しばらくは身を引いてそのまま良しとし、もちろん忘れはしない、
とにかくどこかに身を寄せ、一《いち》か八《ばち》か喋らせるんだ、
野放図で原初のエネルギーに満ちたあの「自然」というやつに。

6

ひとりの子供が「草って何？」と言う、両手いっぱいに抱えてやってきて。
どう答えたらいいんだ。おれもこの子と同じでわからないんだから。

思うにそれはわが気質の御旗、希望色の緑の糸で織ってある。

それか、思うに主キリストのハンカチ、
馥郁《ふくいく》たる贈り物、忘れまじと主が意図的に落とされたもの、
四隅に持ち主の名前がそれとなくついている、それを見て「誰の?」と言うときの
ためのものだろう。

それか、思うに草そのものが子供、植物でできた赤ん坊。

それか、思うに同じ形の象形文字で、
その意味するところは、広場にも路地にもしっかり芽ばえているということ、
白人たちのところはもちろん黒人たちのところにも生えているということ、
フランス系カナダ人、ヴァージニア人、国会議員、黒人のところにも、
だからおれはみなに等しく与え、等しく受け入れる。

こんどは墓に生え放題の見事な髪にも見えてきた。

やさしくおまえを扱ってやる、カールした草よ
もしかしておまえは若者たちの胸からぼうぼうと生えているのかもしれない、
もしかしてその若者たちを知っていたら、おれは愛していたかもしれない、
もしかしておまえは老人たちから、子供たちから生えているのかもしれない、子らよ、
　おまえたちは母の膝からすぐに取り去られたけれど、
さあ、ここがおまえの母の膝だよ。

こんなに濃い緑の草だから、年老いた母の白髪頭から生えたとも思えない、
老人の色あせた顎鬚《あごひげ》よりもよっぽど濃い、
薄紅色の口蓋《こうがい》から生えたように濃い。

おお　やっとわかってきた、草はおびただしき物言う舌だ、
おれにはわかってきた、草はただ口蓋からわけもなく生えるのではない。

せめておれに伝えられないものか、死せる若い男たちと女たちがどうなったかを、
年老いた男たち女たち、そして母の膝からあっという間に取り去られた子供たちが
どうなったかを。

あの若者や老人たちはどうなったと思う？
そして女たち子供たちはどうなったと思う？

みんなどこかでぴんぴんしているのさ、
こんなにちっぽけな芽からもわかる、死なんてものはないと、
そして死があるにせよそれは生を導いてくれるもの、終点で待ち伏せて
捕まえたりはしないし、

生が現われるやいなや消えてしまう。
すべては前へ、外へと向かう、倒れるものなどない。
そして死ぬことだって誰もが思っていたのとは違う、それはもっと幸運なこと。

21

おれは**肉体**の詩人であり、おれは**精神**の詩人だ、
天国の喜びはおれとともにあり、地獄の痛みはおれとともにある、
おれは天国をおれに接木《つぎき》して繁茂させる、おれは地獄を新しい言葉に翻訳する。
おれは男の詩人であるとともに女の詩人でもある、
そしておれに言わせれば、男であることと同じくらい女であることもすごい、
そしておれに言わせれば、人の母であることほどすごいものはない。

おれは拡大と矜持《きょうじ》の賛歌を歌いあげる、
もう逃げたり、人をけなしたりするのはやめた、
おれは証明してやる、時間がたてば大きくなるんだと。

おまえは他の連中を追い抜いたって？　おまえは大統領だって？
大したことじゃない、みんな自然にそうなるし、もっと先へ進むんだ。

おれはやさしく深まる夜とともに歩く者、
おれは夜に半ば抱《いだ》かれた大地と海に呼びかける。

ぴたりと身を寄せよ、胸をはだけた夜――ぴたりと身を寄せよ、磁力と滋養に
　みちた夜よ！
南風の吹く夜――大きな星がいくつかまたたく夜！

うつらうつらする静かな夜――裸で荒れ狂う夏の夜。
ほほ笑みかけよ、おお、なまめかしくも涼しげに息づく大地よ！
大地よ、濡れて眠りをむさぼる木々に囲まれて！
大地よ、日はとっぷり暮れて――大地よ、山のいただきは霧にむせび！
大地よ、ほんのり青みがかった満月が透明にふりそそぎ！
大地よ、光と影が川の流れをまだらに染めて！
大地よ、きれいな灰色の雲がおれのためひときわ輝いて明るく！
肘を大きく伸ばした大地よ――林檎の花咲きほこる大地よ！
ほほ笑みかけよ、おまえの愛しき者の到来にむけて。

放蕩者《ほうとうもの》よ、おまえはおれに愛を与えた――だからおまえにも愛を与えよう！
おお、えも言われぬ熱き愛。

24（抄）

ウォルト・ホイットマン、一個の宇宙、マンハッタンの息子、
荒々しく肉体的で官能的で食って飲んで子をつくって、
感傷にひたることもなく、男たち女たちに威張りもしない、冷たくもしない、
謙遜《けんそん》でもなければ不遜でもない。

扉から錠前をねじり取れ！
柱から扉そのものをねじり取れ！

人を侮辱する者はおれを侮辱することになる、
どんな言動でも最後にはおれに行きつく。

おれを通って詩的霊感がわきおこる、わきおこる、おれを通って流れと標《しるし》も。
おれは太古のパスワードを言う、おれは民主主義の印《しるし》をさし出す、
神にかけてもいい！　おれが受け入れるのは、誰でも同じ条件で受け入れられる
　同じものだけ。

おれを通っておびただしい声なき声が延々と響く、
声だ、何世代もやむことなき囚人や奴隷たちの、
声だ、病人や希望なき者や泥棒や小人たちの、
声だ、準備と蓄積を繰り返す、
声だ、星をつなぎあわせる糸の、子宮と精液の、
声だ、抑圧されつつも権利を求める者の、
声だ、ゆがめられ、卑しく、平凡で、愚鈍で、侮蔑されし者の、
声だ、大気中の霧の、フンコロガシの。

おれを通って禁じられた声が響く、
性と欲望の声、くぐもった声、そこでおれが覆いを剝《は》がしてやると、
卑猥《ひわい》な声もおれを通して浄化され美化される。

おれは手で口を覆ったりはしない、
おれは、はらわたにも頭脳や心臓とおなじぐらいの気品をただよわせる、
おれにとって交わることは死ぬことと同じ、穢《きたな》いものじゃない。

おれは肉欲も食欲も信じる、
見ること、聞くこと、感じることは奇蹟だ、おれのどの部分を取っても奇蹟だ。

おれの内も外も神々しく、おれが触れるものもおれに触れるものも、おれは聖とする。
わが両腋《りょうわき》の香りは祈りなどよりすばらしい、

わが頭は教会という教会、聖書という聖書、信条という信条よりもすばらしい……

34

さて、若い頃にテキサスで聞いたことを話そう
（アラモの陥落のことじゃない、
アラモの陥落を逃れて話のできるものなどいようはずもない、
百五十人はいまだに口を閉ざしたまま）、
それは血も凍る四百十二人もの若者の殺戮《さつりく》の話、

撤退しながら若者たちは方陣を組む、荷物が胸壁代わりで、
包囲した敵のうち九百の命、彼らの九倍もの数が、前もって受け取った代価、
大佐は負傷し、弾薬も底を突いたので、

名誉ある降伏のため折衝し、文書を受け取り、調印し、武器は放棄し、戦争捕虜
　として行進しながら戻った。

騎馬隊の栄光をほしいままにした彼ら、
乗馬、射撃、歌唱、食事、求愛にいたるまで向かうところ敵なし、
身体が大きく騒々しいが、気前よく、見栄えよく、誇りにみち、愛すべき者ども、
髭をたくわえ陽に焼けて、ゆったりした狩人の服装を着こなし、
三十路《みそじ》をすぎる者など一人もいない。

二週目の日曜日の朝、彼らは分隊ごとに出頭させられ、殺戮された、それは
　晴れわたった初夏の日のこと、
五時に始められて八時にはもう終了した。

ひざまずけ、という命令に従う者などなく、

狂ったように突進する者もいれば、直立不動を崩さない者もいて、
数名がこめかみや心臓を撃たれてあっという間に倒れた、息のある者も
　死んでいる者もともに地を這いつくばい、
手足を切り裂かれた者たちが泥のなかでもがき、新たに来た者たちがそれを
　目のあたりにし、
半殺しにされた者は這って逃げようとしたが、
銃剣で片づけられ、歩兵銃の柄でなぐられ、
齢《よわい》十七にもならない若者が殺戮者をつかんだが、援軍がふたり若者を引き離すと、
その三人は怪我をし、少年の返り血をたっぷり浴びた。

十一時に死体を焼く作業が始まった。
これが四百十二人もの若者の殺戮の話だ。

44

おれ自身のことを説明するときが来た――立ち上がろう。

既知のものなぞ、おれは取りはらい、
男という男、女という女をおれともども**未知**のなかへと放り投げるんだ。

時計はこの瞬間を指し示すもの――だったら永遠は何を指し示すのか。

ここまでおれたちは幾兆回もの冬と夏とを消尽《しょうじん》してきたが、
それでも先にはまだ幾兆回もあり、そのまた先にはさらに幾兆回もある。

誕生というものがおれたちに多様な豊饒《ほうじょう》をもたらしてきた、

誕生というものはこれからもおれたちに多様な豊饒をもたらすだろう。

こいつはえらくて、こいつはだめ、などとおれは言ったりしない、
今いる場所と時間を精一杯生きる者は、誰もが同等。

人がおまえにひどい仕打ちをしたり、ねたんだりしたことがあるかい、わが兄弟よ、
　わが姉妹よ？
だとしたらお気の毒、人がおれにひどい仕打ちをしたり、ねたんだりしたことなどない、
みんなおれに優しかった、おれには嘆くことなどない
（おれに嘆きなんて似合わない）。

おれは過去の遺産のいただきに立ち、未来を手のうちに収める。

おれは階段の頂点のそのまた頂点に足をかける、

一段昇るのに数十年、次の段に足をかけるまでまた数十年、
ここまではしっかり歩いてきたし、おれはさらに昇りつづける。

一段昇るごとにおれのうしろでは亡霊どもが礼をし、
はるか下におれは巨大な原初の無を見る、あそこにいたこともあったな、
おれは人知れず待ちつづけ、どろりとした霧のなかで眠り、
鼻をつく炭素の臭いにもめげず、ひたすら待った。

長い間しっかりと抱かれた――長く、長く。

おれの誕生に向けて準備万端おこたりなかった、
誠実かつ親密に、両の腕《かいな》がおれを助けあげてくれた。

時は廻《めぐ》り、おれの揺籃《ゆりかご》を運びさった、愉快な船頭よろしく漕ぎに漕いだ、

おれに道をゆずろうと星たちは軌道上で脇によけてくれたし、
おれの世話人を探すためと威光を貸してもくれた。

おれがおれの母親から生まれる以前に何世代もかかっておれを道案内してくれた、
おれが胎児のときにだらけていたことはない、何ものもおれを押しつぶせなかった。

この胎児のために星雲は凝集して球体となり、
地層がゆっくり時間をかけて積もっては胎児を乗せ、
ぼうぼうたる植物がそれをはぐくみ、
巨大な魚竜《ぎょりゅう》がそれを口に入れて運び、そっと降ろしてくれた。

あらゆる勢力が着実につぎこまれて歓喜のうちにおれを完成させた、
今、この地点におれは立つ、魂は頑強そのもの。

51

過去と現在などは萎《な》えてしまう――おれは過去も現在も満たしては、空っぽにし、
今度は未来にできる隙間を満たしてゆく。

そこで聞いている人！　おれにどんな秘密を明かそうというの？
おれをじっと見てくれ、こっちは夜がにじり寄るのを嗅ぎつけているから
（誰も聞いてやしないから、正直に言ってくれ、そうしたらほんの少し
　ここにいてやろう）。

おれは矛盾しているだろうか。
まあそれでもいい、おれは矛盾しているのさ
（おれは巨大だ、おれは多様性をかかえている）。

おれは身近な人間に神経をそそぐ、おれは扉の敷石のうえで待つ。
今日の仕事を終えたのは誰？　食事をまっ先に済ませるのは誰？
おれと一緒に歩きたいのは誰？
おれが行く前に話してくれるかい？　もう遅すぎると決めつけはしないだろうね？

52

まだらの鷹がすっと寄ってきてはおれをなじる、うろつきながら無駄口ばかり叩くな、と。
でも、おれだってちっとも飼いならされていない、おれだって翻訳不能、
おれは荒々しい雄たけびを世界の屋根という屋根に響かせる。

光は駆けぬけつつ、最後にはおれを待っていてくれて、
おれがどれだけ他の連中のごとく誠実かを、夕闇せまる荒れ野に映し出す、
おれをじっとりした闇へといざなう。

おれは気体のようにふっと消える、おれは沈みゆく夕陽に白髪を振る、
おれはおれの肉体を渦のなかに放出し、ぼろ布のように流す。

おれはおれ自身を土に遺す、やがては愛しき草地から生え出るように、
もしおれをまた求めるなら、おまえの靴底の下を探すがいい。

おれの素性も、おれの言わんとすることもよくわからないだろうが、
それでもおれはおまえのための「元気」でありつづけ、
おまえの血をきれいにし、強くする。

最初におれをつかまえそこねても、気を落とさないように、
どこかで見失ったら、別のところを捜してくれ、
おれはどこかで立ち止まっておまえを待っていてやる。

おれ自身の歌（抄）一八五五年

全体で五十二編からなるこの長大で複雑な叙事詩的作品をひとことで説明することはきわめて難しい。というのも、何かしらの物語のような筋立てがあるわけでもなく、あえていうなら「自分自身」をめぐる精神のあてどないおしゃべりの記録のようなもの。その意味でアメリカ独特の「長編詩」の嚆矢《こうし》と呼ぶにふさわしく、これにならって二〇世紀初頭にはモダニズム詩人たちがさまざまな長編詩を試みた。ここに訳出したのはごく一部だが、それぞれ内容をまとめるなら、まず

自分を賛美し（1歌）、草の葉の意味を考察し（6歌）、自分がすべてのものを平等に扱うことを強調し（21、24歌）、一転、テキサスで起きた殺戮《さつりく》をジャーナリスティックに報告（34歌）するかと思えば、自分の出自を宇宙的に想像し（44歌）、そして全体をまとめつつ最後に読者に向かって手をさしのべる（51、52歌）。

おれは電熱の肉体を歌う（抄）

1

おれは電熱の肉体を歌う
おれの愛する者たちがおれを包みこみ、おれもそいつらを包みこむ、
そいつらはおれを離してはくれない、おれが領くまで、応えるまで、
清めてやるまで、そして魂の電力でいっぱいに帯電させるまで。
疑いなどない、自分自身の肉体を穢《けが》す者は臆病者だということに。
そして、生ける者を汚す者は死せる者を汚す者ほど悪いということにも、
そして、もし肉体が魂ほどの働きをしないなら、
そして、もし肉体が魂でないとしたら、魂に意味などないということも。

4

おれにもわかっている、気の合う連中と一緒にいれば充分だと、
そうでない連中とも夕方にはどこかで語り合えれば充分だと、
美しく、飽くことをしらず、息をはずませ、笑う肉体に囲まれていれば充分だと、
連中の間を歩き回っては誰かに触れ、腕を軽くその首に一瞬回す、ああ何ともいえない。
これにまさる喜びなどいらない、海で泳ぐような快感だから。

すごいじゃないか、男たちや女たちのそばにいて、尊敬できるとは、しかも触れて
　匂いをかげるなんて、だって魂は喜びに震えるから、
すべてが魂を喜ばせるにしても、これこそが魂を喜ばせるから。

7

男の肉体が競売にかけられる
（南北戦争前にはよく奴隷市場に行っては競売をじっと見ていたものだ）。
おれは競売者を助けてやる、いい加減な奴でやり方がよくわかっていない。

紳士諸兄よ、この驚異の肉体をご覧あれ、
入札者の入札額がどこまで上がろうと、高いとはいえない、
この肉体のために地球は一匹の動物も一本の木もなしに何千兆年ものあいだ
　準備してきたのだから、
この肉体のために廻《めぐ》る年月は真摯《しんし》かつ着実に過ぎてきたのだから。

この頭のなかには圧倒的な頭脳、
この頭の内部とその下には勇士の資質。

赤、黒、白の四肢をとくとご覧あれ、腱も神経も精巧、
さあ裸にされるよ、見やすいようにね。

鋭敏な感覚、命みなぎる双眸《そうぼう》、決意、意志、
胸の筋肉は隆々、背骨と頸部はしなやか、肉もたるんでなければ、四肢もすらり、
しかも肉体の驚異はそれだけではない。

たとえば血がめぐる、
そうあの血だ！　あの赤く流れる血だ！
ほら心臓がふくらんでは噴き出す、ほらこれほどの情熱と欲望と勢力と渇望
(しっかり流れるのさ、たとえ品のいいサロンやお堅い教室では禁句であっても)。

これはひとりの男ではない、父となり、その息子がまた父となり、

その男のなかに賑わう州と豊かな共和国がいくつも始まり、
その男から数知れぬ不滅の人生、数限りない受肉と歓楽が生まれる。

その男の子孫のさらに子孫から何世紀もたって、誰が生まれるのかわかるまい
（家系を数世紀もさかのぼったところで、自分が誰から生まれるのかわかるまい）。

8

女の肉体が競売にかけられる。
この女もこの女だけではない、母たちを産む豊饒《ほうじょう》の母だ、
この女は男たちも産み、男たちは大きくなってその母たちと交わる。

女の肉体を愛したことがあるか。
男の肉体を愛したことがあるか。

わかるだろう、これらの肉体はどこまでも同じだ、地上のあらゆる国の、
　あらゆる時の、あらゆる肉体と。

何か神聖なものがあるとすれば、人間の肉体こそ神聖、
そして、人の栄光と歓喜こそ穢れなき人間性の印《しるし》、
そして、男であれ女であれ、清く強く固く編まれた肉体は、どんな美貌よりも美しい。

自分の生身の肉体を穢した馬鹿男を見たことがあるだろう、
　自分の生身の肉体を穢した馬鹿女も。
連中はそれを隠さないし、隠しおおせもしないのだから。

おれは電熱の肉体を歌う（抄）（詩群「アダムの子ら」より）一八五五年

九編からなる連作のうちの四編。一八四八年にホイットマンはニューオーリンズに赴き、新聞記者として三ヶ月働く間、南部のエキゾティックな雰囲気を満喫していた。そのとき、青空のもと奴隷の競《せ》りが行われるのをたびたび目にして、「電熱的」な肉体の美しさに打たれ、それを賛美した詩を書いたのである。精神は肉体にまさる、という伝統的な西洋的価値観をくつがえし、「身体性」の見直しという現代的課題を先取りしているかのようだ。なお、一九七〇年代から八〇年代にかけて活躍したジャズグループのウェザー・リポートが、同じ題名のアルバムを一九七二年に発表している。

おれはルイジアナで一本のライブオークが生えているのを見た

おれはルイジアナで一本のライブオークが生えているのを見た、
孤高のうちにそれは立ち、枝からコケを垂らしていた、
仲間もいないままそこに育ち、青々とした元気な葉を生やしていた、
そしてその姿は無骨《ぶこつ》で、まっすぐで、肉感的で、自分を見るようだったが、
よくもまあ友も身近にいないままひとりで立って元気に葉を生やして
　いられるものだ、おれにはとてもできやしない、
だから葉のついた小枝を手折《たお》り、まわりにコケをあしらい、
そして持ちかえり、自分の部屋の見やすいところに置いた、
いや、それでおれ自身の親しい友だちを思い起こそうなどというのではない
(だって最近思い起こすことといえば友だちのことばかりだから)、

それでも、おれにとってこの枝は今でも奇妙な印《しるし》だ、男への愛を思わせるから、
とはいえ、あのライブオークはルイジアナの荒野にひとり輝きを放ち、
近くに友も恋人もいないまま一生元気な葉を生やしている、
おれにはぜったいできやしない。

おれはルイジアナで一本のライブオークが生えているのを見た
（詩群「カラマス詩篇」より）一八六〇年

カラマスとはアメリカの湿地に群生する菖蒲に似た丈高い植物で、「カラマス詩篇」は主に同性愛をあつかった詩群である。この詩は、「カラマス詩篇」の元になった「苔の生えたライブオーク詩篇」のひとつで、やはりある男との恋をもとにしているといわれる。ライブオーク（北アメリカ南西部によく見られる巨大な樹木）も男性への愛情を表わしている（ホイットマンは女性とも関係を持ったが、若い

男性のほうを好んだようだ)。ホイットマンの同性愛については特に最近の研究でさかんに論じられるが、一九世紀のアメリカでは、まだ同性愛という概念が特別になかったため、同性同士が抱き合ったり、キスしたりすることも多く、『草の葉』中の同性愛を扱った詩は検閲にも引っかからなかったという。

オープンロードの歌（抄）

足の向くまま、心も軽く、おれはオープンロードを行く、
健康で自由、世界は目の前に広がり、
長い褐色の道が伸びている、さあどこへなりと行けとばかりに。

この先おれは幸運を求めない、おれ自身が幸運だから、
この先おれはもう泣きごとを言わない、もう先延ばししない、何も求めない、
家でうじうじしたり、図書館にこもったり、ねちこく批判したりもしない、
たくましく、足るを知り、おれはオープンロードを旅する。

大地、それだけで満足、

星座がもっと近ければなどと言わない、
星座はあれだけ遠くにあればいいのさ、
星座の住人にとってはそれでいいのさ。

（それでも、おれはここでまだあの心地よい重荷を背負っている、
おれは背負っている、男どもと女どもだ、どこへ行こうともおれは背負っている、
おれは誓う、あの連中を捨てていくことはするまいと。
おれはあの連中に満たされているから、おれはお返しに連中を満たしてやる）。

オープンロードの歌（抄）（詩群「カラマス詩篇」より）一八五六年

――十五編からなる連作のうちの有名な第一編。自由気ままに旅をし、それを通して自己の発見と実現を夢見る姿は、ホイットマン自身の生き方と重なる。オープン

ロードとは目に見える道だけでなく、魂が進む宇宙の壮大な道も意味する。ここから、ほぼ百年後に重要な文学運動を展開したビート派のジャック・ケルアック作『オン・ザ・ロード』などが予見される。「おれ自身の歌」が抽象的だったのに比べて、ここではテーマを「道」のイメージによってくっきりと視覚化してみせている。

揺れやまぬゆりかごから

揺れやまぬゆりかごから、
マネシツグミの喉、あの飛びかう音楽から、
長月《ながつき》の真夜中から、
床を抜けだした子が帽子もかぶらず裸足《はだし》のままひとり彷徨《さまよ》った不毛な砂浜と
　その向こうの野に、
降りそそぐ月の光環のもとから、
生きもののごとくからみ合う影のあやしげな動きから、
イバラとブラックベリーの茂みから、
ぼくに歌いかけた鳥の記憶から、
悲しげな兄弟の鳥よおまえの記憶から、高まっては急に下がるなつかしい

あの囀《さえず》りから、
泣きはらしたようなあの昇ったばかりの黄色い半月のもとから、
霧のなかの恋い焦がれるようなあの序歌から、
ぼくの脈打ちやまぬ心臓の千もの反応から、
その心に湧きおこった無数の言葉から、
どんな言葉よりも強くまた甘美な言葉から、
その光景を再現しはじめる今から、
――それらが群れとなって囀り舞い上がり頭上を通りすぎたかと思うと
ここへあわただしく運ばれては、また目の前から去る前に――、
ひとりの大人として、でもこうして流す涙でまたも幼い少年となり、
おのが身を砂に投げ出し、波に立ち向かう
ぼくは悲歌と賛歌の歌い手、ここかなたの繋《つな》ぎ手として、
すべての手がかりを利用しつつも、それをすばやく飛びこえて、
ある思い出を歌う。

かつてポーマノックで
リラの香りがたちこめ、皐月《さつき》の草が生い茂るころ、
イバラの生えるこの岸辺に
アラバマから翼のある二羽の客人が来た、それも二羽そろって、
そして巣と、茶色の斑点のある薄緑の卵を四つも持って、
そして毎日、雄鳥は近くで立ち働く、
そして毎日、雌鳥は巣をあたためる、目を輝かせ黙々と、
そして毎日、じっとしていられぬ少年のぼくは、近づきすぎては邪魔かと、
そっと見入り、心にきざみ、意味をはかった。

〈以下太字は雄鳥の言葉〉

輝け！　輝け！　輝け！
おまえの温みをふりそそげ、偉大なる太陽！
陽をあびながら、われらふたりは一緒。

ふたりは一緒！
風が南へ吹こうが、風が北へ吹こうが、
昼が白々と訪れようが、夜が黒々と訪れようが、
家にいようが、家を離れて川や山に行こうが、
時間いっぱい歌い、時間を気にしない、
ふたりが一緒にいる間は。

すると突然
殺されたのだろうか、連れにもわからないまま、
ある朝、雌鳥は巣をあたためることはなく、
その午後も戻らず、また次の午後も戻らず、
ついにふたたび姿を見せなかった。

そして、それからというもの夏じゅう海のひびきにまじり、
そして、おだやかな夜には満月のもと
ざわめく海のうねりより高く、
あるいは昼にはイバラからイバラへと飛びかうのを
ぼくは見た、ぼくは間をおいては聴いた、残された鳥、雄鳥の声を、
アラバマからの孤独な客人の声を。

吹け！　吹け！　吹け！
ポーマノックの岸辺に海風よ吹け——
ぼくは待つ、ぼくは待つ、おまえが連れを運んでくるまで。

そうだ、星がきらめいたとき
夜っぴてコケむした杭の先端で
たたきつける波のまにまに沈みそうになりながら

この孤独の歌い手は素晴らしい歌で涙をさそった。
そいつは連れの名を呼んだ、
そいつは声を発した、その意味は世界中でもぼくにしかわからなかった。

そうだわが兄弟の鳥よ、ぼくにはわかる、
おそらくぼくだけだろう、すべての音を慈しんだ、
一度ならず海岸までこっそり音も立てずにやってきて
ものも言わず、月影をさけ、影に溶け入るようにして、
ぼやけた姿を、谺《こだま》を、音と光景をなんとなく思い出していた、
大波の白い腕が休みなくたたきつけるなか
ぼくは、裸足の子供、風に髪をもてあそばれながら、
じっと聴いていた。いつまでもいつまでも。

じっと聴いていたのだ、あの音を心にとどめ、歌い、意味をはかろうと、
おまえにしたがいながら、わが兄弟の鳥よ。

なぐさめよ！　なぐさめよ！　なぐさめよ！
波のあとにまたすぐ波が来てはなぐさめている、
そしてまたすぐに波が抱くように包むように続く、波と波はこんなに近しいのに、
愛するものはぼくをなぐさめてはくれない、なぐさめてはくれない。

月が低くたれる、昇ったばかりの月だ、
あんなにのろのろと――おお　それは愛の力で重いんだろう、愛の力で。
おお　海は狂ったように陸地におしよせる、
それも愛の力だ、愛の力だ。

おお　夜よ！　砕ける波のまにまにわが愛するものが羽ばたいてはいないか？
あの白い波間に見える小さな黒いものは何だ？

おおい！　おおい！　おおい！
おおい、とぼくはおまえに呼びかける、愛するものよ！
高くはっきりした声をぼくは波に投げかける、
ぜったいにわかるはず、ここに誰がいるかを、誰がいるかを、
ぼくが誰かわかるだろう、愛するものよ。

低くたれた月よ！
おまえの黄土色のなかの黒いしみは何だ。
おお　それこそわが連れの、わが連れの姿だ！
おお　月よ　そこにいて彼女をこれ以上ぼくから離さないでくれ。

地よ！　地よ！　おお地よ！
ぼくがどこを向いても、おお　おまえがその気になれば連れを帰してくれるね。
だって、どこを見ても彼女の姿が見える気がするから。

おお　昇る星よ！
たぶん愛しきものは昇ることだろう、おまえたちとともに昇ることだろう。

おお　喉よ！　おお　震える喉よ！
大気のうちに朗々と響け！
森を、大地を貫け、
どこかで聞き耳をたてているのは、愛しきもののはず。

賛歌をふりしぼれ！
ここで孤独に、夜の賛歌を！

さびしき愛の賛歌を！　死の賛歌を！
のろのろと消えゆく黄色い月のもとの賛歌を！
おお　あの海に沈みそうな月のもとで！
おお　自暴自棄の賛歌を。

それでもやわらかく！　低く！
やわらかく！　とにかく呟かせてくれ、
そして、ちょっと黙ってくれ、がらがら声の海よ、
だって、どこかで連れがぼくに応えるのを聞いたんだから、
でもかすかな声だから、ぼくは黙らねば、黙って聴かねば、
といって黙りこくったら、すぐに来てはくれないだろう。

ここだ、愛しきものよ！
おおい！　ここだ！

音をかろうじて伸ばしながら、ぼくはおまえに語りかける、
このやさしい呼びかけはおまえへのもの、おまえへのもの。

だまされてほかのところへ行かないように、
あれは風のささやき、ぼくの声じゃない、
あれはしぶき、水のしぶき、
あれは葉の投げる影。

おお　闇よ！　おお　むなしい！
おお　ぼくはもう悲しくていやになった。

おお　空では月の光環も色あせ、海に沈みかけ！
おお　苦しげに海に映って！
おお　喉よ！　おお　どくどくと打つ心臓よ！

そして、ぼくはむなしく、むなしく夜どおし歌う。

おお　過去よ！　おお　幸福な生活よ！　おお　歓喜の歌よ！
空を飛ぶときも、森で遊ぶときも、野をわたるときも、
愛した！　愛した！　愛した！　愛した！　愛した！
でもぼくの連れはもういない、もうぼくのもとにはいない！
ぼくらはもう一緒じゃない……

鳥の独唱は弱まっていく、
だがそのほかは変わりなく、星は輝き、
風は吹き、鳥の声も谺しつづける、
そして怒れるうめきが、たけり狂う老母のとめどなきうめきのように、
ポーマノックの浜の暗い砂に響く、
黄色い半月はやけに大きく、だらりとたれさがり、海面に触れんばかり、

少年は恍惚《こうこつ》とする、裸足は波と、髪は大気とたわむれ、
心に長く閉じこめられた愛は、今や解きはなたれ、今やついに荒々しくはじけ、
独唱の意味は、たちまち耳に、魂に積もり、
流したこともない涙がほおを伝う、
あちらでは風と鳥と波のあいだで会話がつづく、誰もが言葉を発し、
――底を流れるのは荒々しい老母のとめどなき叫び――、
少年の魂の問いにむっつりと調子を合わせ、押し殺した秘密の言葉が
このかけだしの詩人《バード》に向けられる。

悪魔なのか鳥なのか！（と少年の魂は言った）
おまえが歌うのは、本当におまえの連れに向かってか？　それとも実はぼくに
　向かってか？
そう訊くのも、子供であったぼくは、舌もよく回らないのに、今やおまえの歌を聴いて、
今や瞬時にしてぼくの存在がわかったから、ぼくは目覚め、

そしてすでに一千もの歌い手が、一千もの歌が、おまえの歌よりも明瞭に朗々と
　物悲しく響き、
一千もの囀りの谺がぼくのなかで生まれ、決して絶えることがない。
おお　孤独の歌い手のおまえは、ひとりきりで歌い、まるでそれはぼくの姿、
おお　孤独のぼくは聴き、おまえを永遠のものとすることを決してやめないし、
ぼくは決して逃げはしないし、おまえの声の谺が、
満たされぬ愛の叫びが決してぼくのなかで消えはしないし、
あの安穏とした子供のままではもういられない、あの夜
黄色くたれさがった月のもとの海で、
あの使者が揺り起こしてしまったのだ、火を、内なる甘美な地獄を、
知られざる欲求を、ぼくの運命を。
おお　手がかりをくれ！（この夜のどこかに潜んでいるんだ）

おお　こんなに多くを負わせるなら、いっそもっと負わせてくれ！
そして言葉を（ぼくが克服してみせるから）、
最終の言葉、最上の言葉を、
精妙に送られる言葉を——それは何だ——ぼくは耳をすます。
おまえはささやいているのか、それも今までずっと、波よ？
おまえの揺れる縁《ふち》と濡れた砂からの言葉か？

それに応えながら、海は
遅れるでもなく、急ぐでもなく、
夜どおしぼくにささやき、そして夜明け前には秘密を明かした、
片言ながら低く甘い言葉を発した、死と、
そしてまたも、死、死、死、死、
ささやくように美しく、鳥のようでもぼくの目覚めた子供心のようでもなく、

ぼくにひそかに迫り、足元でかすかな音をたて、
ぼくの耳元へじわじわと這いよると、そっとぼく全体を浸した、
死、死、死、死、死。

このことをぼくは決して忘れることなく、
闇の悪魔にして兄弟の歌を、
あのポーマノックの灰色の浜で月影のなか歌った歌を
溶け合わせよう、乱れ飛ぶ一千もの返答の歌と、
あの時に目覚めたぼく自身の歌と、
そして鍵――波からたちあがった言葉――と、
このうえなく甘美な歌とすべての歌の言葉と、
あの強くかぐわしい言葉、ぼくの足にまとわりつくように
（または着飾って身体もろともゆりかごを揺らす老婆のように）
海がぼくにささやいた言葉と。

揺れやまぬゆりかごから（「海の彷徨」より）一八五九年

少年が浜辺でつがいの鳥の別離に遭遇し、それを通して死、そして生の意味に目覚める過程を描いた、いわば通過儀礼の詩。ポーマノック（ロング・アイランドを意味するアメリカ先住民の言葉）を舞台に、自伝的な色合いも濃い。手放しで自分の人生を謳歌していたこれまでの詩から、次の内省的な段階に入ったことを感じさせる。ホイットマンの詩には珍しく、複数の声（語り手の少年と鳥）を組み合わせて、劇的な構成を作り上げる。さらに、「歌うこと」も主題のひとつで、詩人の誕生も描かれている。連れを失って歌う鳥の姿には、妻ユーリディケを失くして悲しみの歌を歌うギリシャ神話中のオルフェウス（つまり詩人の原型のひとつ）の姿も投影されているかのようだ。なお、詩人を表象する鳥については、「リラの花が先ごろ戸口に咲いて」も参照のこと。

鷲の睦みあい

川沿いの道をめぐる、（昼前の散歩、わが休息）、
空を仰げば突如としてくぐもった音、鷲たちの睦みあい、
ばたばたと愛のまじわりは空高く、
ぶつかり重なりあう爪、激しく荒々しく上昇する車輪、
四葉の打ちあう翼、二門の嘴《くちばし》、渦巻く塊はかたく摑みあい、
跳ね、回り、房をなし、輪をなしては、まっさかさまに落ちてきて、
川の上で止まる、二羽はひとつ、一瞬の小康、
動きも止まり宙で平衡をたもち、それから分かれ、爪も離れ、
またも上昇、ゆっくりしっかり羽交《はが》い、傾き、離れ離れに飛翔し、
メスはおのが道を、オスはおのが道を、それぞれ追う。

農家の図

大きな戸が開け放たれている、このおだやかな田舎の納屋、
陽のあたる牧草地では牛や馬が草をはむ、
霞む遠景、はるかな地平線も消えかかる。

ランナー

平坦な道を鍛えぬかれたランナーが走る、
身体はしまり、足は筋肉質、
薄いシャツをまとい、前かがみに走る、
軽くこぶしを握り、腕をいくぶん上げながら。

鷲の睦みあい（詩群「路上にて」より）一八八〇年
農家の図（詩群「路上にて」より）一八六五年
ランナー（詩群「路上にて」より）一八六七年

詩群「路上にて」には、スケッチ風の小品、いわゆる「ヴィネット（vignette）」に分類されるものが多数含まれる。ホイットマンには「おれ自身の歌」をはじめとして長尺でこってりしたものが多いが、このように短く印象的な作品も少なくない。二〇世紀初頭にアメリカの詩人エズラ・パウンドがイマジズムの運動を唱導し、硬く乾いたイメージによってモノをくっきり簡潔に表わす必要性を説いたが、その先駆をなすような作品。「鷲の睦みあい」は他の二編とは異質で、描写が微に入り細をうがつとともに、性的交わりが神秘的に描かれている。

浅瀬をわたる騎兵隊

長い整列の一線、兵士たちは緑の島々の間をぬうように進む、
蛇行すると、武器は陽をあびてきらめく——聴け、そのぶつかりあう音楽を、
見よ、銀白の川を、しぶきを上げて馬がのろのろ歩き、止まっては水を飲む、
見よ、赤銅色に焼けた人々を、どの隊、どの兵士をとっても絵のようで、
　のんびり者は鞍《くら》のうえで休み、
向こう岸に着いた者、今から浅瀬に入る者も——かたや
緋、青、雪白の
部隊旗は風をうけて揚々とはためく。

灰色にかすむ払暁の野営の光景

灰色にかすむ払暁《ふつぎょう》の野営の光景、
それを見たのは眠れぬまま朝早くテントから出て
ひんやりと爽やかな空気のなかをゆっくり歩くと看護テント近くの路《みち》には
三人の身体が担架に横たわる、手当てもされぬまま運びこまれ、
どれも毛布の下――大きな茶色い毛の毛布や
灰色の重い毛布が、三人をすっぽりと包みこむ。

気にかかってぼくはふと止まり、たたずむ、
それから手近の毛布を指でそっとつまみあげる――
どなたですか、ご老人、やつれきって髪も真っ白、目の周りの肉はくぼみきって、
どなたですか、わが同胞よ。

それから二番目に歩み寄り――訊く、どなたですか、愛しき子、
どなたですか、いたいけな少年、まだほおも赤いまま?

それから三番目に――顔は若くも老けてもいない、きわめて穏やか、
　まるで見事な黄白色の象牙――
若者よ君を知っている――この顔はキリスト自身の顔だろう、
死して神聖にしてすべての人の兄弟、ああここに眠る。

浅瀬をわたる騎兵隊（詩群「軍鼓の響き」より）一八六五年

灰色にかすむ払暁の野営の光景（詩群「軍鼓の響き」より）一八六五年

国を二分した南北戦争は、弟ジョージの負傷ということもあり、世界は悲劇にみちていることをホイットマンにはじめて痛切にわからせることになった。そして、ワシントンＤＣの病院で働いた数年の間、日常的に兵隊の姿を目にしたことで、具体的に詩の材料を与えられた。ここに収めた二編は、兵隊の勇ましい姿と痛ましい姿の両方を、かたや即物的・描写的に、かたや想像的・幻想的に描きだしている。

リラの花が先ごろ戸口に咲いて（抄）

1

リラの花が先ごろ戸口に咲いて、
巨星が早くも西の夜空に沈んだとき、
わたしは悼《いた》んだ、そしてなおも悼むだろう、毎年春が戻るたびに。

毎年戻りくる春よ、おまえはわたしに三位一体をもたらす、
それは毎年咲くリラの花、西に沈む星、
そして尊敬するあの方への思い。

2

おお　西の空に消えた強靭《きょうじん》な星！
おお　夜の陰――おお　ふさぎこんで涙を流す夜！
おお　消えた巨星――おお　星を隠す暗黒！
おお　わたしをつかんで骨抜きにする無慈悲な手――おお　わが無力な魂！
おお　わたしを取りかこむ苛酷な雲よ、わが魂を解き放ってはくれまいか。

3

古い農家に面した戸口、白塗りの柵のかたわらに、

リラの茂みがある、丈高く、葉は濃い緑でハートの形、
とがった花がおびただしく優美に開き、強い芳香がわたしには好もしい、
葉の一枚一枚が奇蹟――そして戸口のこの茂みから、
優美な色の花と濃い緑でハート形の葉のある茂みから、
花をつけた若枝を、わたしは手折《たお》る。

4

誰の目にもつかない奥地の沼で
一羽の鳥がじっと身をひそめて歌を囀《さえず》っている。

孤独なツグミ、
この隠者は自分の世界にこもり、人里を離れ、

ひとりきりで歌を歌う。
歌っては喉から血を流す、
死の吐き出す生の歌（兄弟よ、よくわかる、
歌うことがかなわなければ、おまえは死ぬしかないということが）。

5

春の胸を、大地を、都市また都市を、
街路を、古い森を――先ごろ灰色の岩屑《がんせつ》のなかにところどころ土からスミレが
　顔をみせた――、
そして両側に野草の茂る道を抜け、おびただしい草をふみしめ、
金色にとがった麦畑を通り――枯れかけた野ではすべての実が莢《さや》から飛び出し――

白とピンクの花咲きほこるリンゴ園を通り、
亡骸《なきがら》を安住の地たる墓まで運びつつ
夜も昼も 棺《ひつぎ》 は旅を続ける。

6

いくつもの路地と大通りを往く棺よ――
昼も夜も雲はすっぽり地面をおおいつくし、
国旗は仰々しく飾られ、街々は黒く喪に服し、
州また州が喪に服した女たちのように弔意《ちょうい》をあらわし、
行列は長く曲がりくねり、夜の大燭台《だいしょくだい》があちこちに置かれ、
あまた松明《たいまつ》が灯《とも》され、顔また顔、ヴェイルをつけた頭また頭はさながら静かな海、
待ち受ける停車場に棺が到着するや人々の顔は厳粛で、

夜どおし葬送歌が歌われ、一千もの声が強くおごそかに流れ、
葬送歌を歌う悲しげな声が棺の周りをめぐり、
教会の灯りも暗く、オルガンも震え――このなかをあなたは進み、
鐘はいつまでも鳴りに鳴る、
さあ、悠然と進む棺よ、
あのリラの若枝を、ぼくは手渡そう。

16

夢を過ぎ、夜を過ぎ、
通り過ぎつつ、同胞の手も離し、
ツグミの歌とそれを印《しる》すわが魂の歌も過ぎ、
――それは勝利の歌、死の吐き出す歌、けれど変奏してやまぬ歌、

低くすすり泣くような、それでも明澄なる音、昇っては下がり、夜にあふれかえり、
悲しく沈んでは弱まる、気をつけよ、気をつけよと言いつつ、それでも喜びにはじけ、
地を覆い、はるかな天蓋を満たす、
まるでツグミの隠れ家で聴いた夜のしたたかな賛歌のよう――、
通り過ぎつつ、わたしはおまえ、ハート形の葉をしたリラの花の元を去る、
おまえの元を去る、あの戸口で春ごとに花開け。

もう終わりにする、あなたのために歌うのは、
西を向き、西にいるあなたに一瞥をくれ、あなたと交信するのは、
おお　夜に銀の面《おもて》を輝かせる同胞よ。

けれど、夜から取り返したもの、それを余さずたもつため、
歌、あの灰褐色の鳥が歌う驚異の賛歌を、
それと符合する賛歌を、わたしの魂に呼びおこされた谺《こだま》を、

悲痛な面を輝かせて落ちた星ともども、
わが手をつかんで鳥の呼びかけに近づいた者たちともども、
わが同胞たちとわたしを中心に、みなの記憶をたもつため、それも愛する
　死者たちのため、
わが過ごせし日々と場所のうちもっとも優しく賢い魂のため——そしてこれは
　その方のため、
リラと星と鳥とがわが魂の歌と結ばれる、
そこ、芳《かんば》しいマツと小暗《おぐら》いスギのなかで。

おお船長！　わが船長！

おお船長！　わが船長！　われらの恐ろしい旅は終わった、
船はすべての苦難を越え、求めたものは得られた、
港は近く、鐘は響き、人々は狂喜乱舞し、
視線は頑丈な竜骨と勇壮で厳格な船体を追う。
　それにしても、おお心よ！　心よ！　心よ！
　　おお　赤い血がしたたる、
　　　この甲板にはわが船長が横たわる
　　　　冷たい骸《むくろ》となりはてて。

おお船長！　わが船長！　立ち上がって鐘の音を聴きたまえ――

立ち上がって——あなたのために旗が振られ——あなたのためにトランペットが響き、
あなたのために花束と華やかな花輪があり——あなたのために岸は人でわきかえる、
あなたの名を呼び、群衆は揺れうごき、熱っぽい顔を向ける——
　さあ船長！　最愛なる父！
　　あなたの頭をこの腕で支えましょう！
　　　夢としか思えません、甲板に
　　　　あなたが冷たい骸となりはてているとは。

わが船長は答えない、唇は蒼ざめたまま、
わが父はわたしの腕を感じもしない、脈もなければ意志もない、
船は無事投錨《とうびょう》した、船旅はこれにて終了、
勝利の船が恐ろしい旅から帰る、目的を遂げて——
　狂喜せよ、おお岸よ、おお鐘を鳴らせ！
けれどわたしは沈みきった足取りで

甲板を歩く、そこには船長が
　冷たい骸となりはてて。

リラの花が先ごろ戸口に咲いて
おお船長！　わが船長！

（詩群「リンカーン大統領の想い出」より）一八六五〜一八六六年

一八六五年、アメリカ合衆国の民主主義を代表するリンカーン大統領が暗殺されたことに衝撃を受けて書かれた連作と、その終章として置かれるにふさわしい大統領（船長）への呼びかけの歌。敬愛してやまない大統領の死についての深い悲しみを、ただ感情に任せて書くのではなく、詩人自身の愛（リラの花）、大統領の死（西の星）、死の歌（ツグミ）、というイメージに託し、それを効果的に組みあわせている。

ふらりと出歩く子がいた

ふらりと出歩く子がいた、それも毎日のように、
そして最初に目にした物体、その物体に彼はなった、
そしてその物体もその子の一部になった、一日じゅうまたは一時《いっとき》、
または何年もまたは何十年にもわたって。

早咲きのリラの花もこの子の一部になった、
そして草も、白と赤のアサガオも、白と赤のクローヴァーも、タイランチョウの
　さえずりも、
そして弥生月《やよい》の子羊も、うすいピンクの豚の子一腹も、子馬も、子牛も、
そして農家や池のぬかるみのかまびすしいヒナたちも、

そしてそこで妙《みょう》にたゆたう魚たちも、きれいで妙《たえ》なる液体も、
そして優美に生えそろった水草も、すべてがこの子の一部になった。

卯月《うづき》と皐月《さつき》の野に萌える草もこの子の一部になった、
冬野菜の芽と薄黄色の穀物と庭の根菜も、
そして花咲きほこるリンゴの木とそのあとの果実、野イチゴと路傍のありふれた雑草も、
そして飲み屋の厠《かわや》からやっと出てきてはふらふら家に向かう呑んだくれの爺さん、
そして学校へ向かう途中通りかかった女教師も、
そして通りすがりの優しい少年たちも、喧嘩っ早い少年たちも、
そして小ざっぱりとしてほおを染めた少女たちも、裸足の黒人少年と少女も、
そして行く先々で変わる都会と田舎のさまも。

この子自身の両親、生を授けた男性と、子宮に宿して産み落とした女性も、
ふたりはこの子に持っている以上のものを与えた、

ふたりはこの子にその後も毎日のように与えた、ふたりはこの子の一部になった。

母親は家で黙々と夕食のテーブルに料理を並べ、
母親は口調もおだやか、帽子も部屋着も清潔、歩きまわると健康な香りが
　身体と服からこぼれ、
父親は強く尊大で男っぽく意地悪く怒りっぽくずるく、
殴り、どなり、けちくさいかと思えば言葉たくみな甘言、
家には独特のしきたり、言葉づかい、客人、家具、焦がれ高まる心があり、
愛情は受け入れられ、真実のものという感覚があるが、偽りではないかという
　物思いもあり、
昼に疑い、夜にも疑い、ああだこうだと詮索する、
目に見えるものは本当にその通りか、それともまやかしか、
男ども女どもが町にあふれるが、この連中が見せかけでないとすれば何者か、と。
町そのものと家々の正面と窓に置かれた品々、

馬車の群れ、馬の群れ、重い板作りの波止場また波止場、渡し舟の人また人、
たそがれ時にはるかに望む高原の村、縫うように流れる川、
影、太陽の光輪、霧、かなたの白や茶の屋根や破風《はふ》の上に注ぐ光、
近くを帆船がのんびりと潮にのって通り過ぎ、船尾には小舟がだらりとつながれ、
波がなだれかかり、波頭が砕けんばかりに叩きつけ、
雲は何層にも彩られ、栗色がかった長い砂洲《さす》がはるか遠くに孤影をえがき、清澄に
　広がりつつ横たわり、
地平線の果てには、飛びまわるミヤコドリ、塩水性湿地と岸辺の泥の香り、
これらすべてがこの子の一部になった、この子は毎日ふらりと出歩いたし、今も
　出歩く、そしてこれからも毎日出歩くだろう。

ふらりと出歩く子がいた（詩群「秋の小川」より）一八五五年

詩群「秋の小川」には、とりたてて共通のテーマはないものの、回想・成熟・経験・英知、といった文字通り秋の雰囲気がただよう。この作品も、ロング・アイランドとブルックリンで過ごしたホイットマン自身の少年時代を回想して書かれたものと目され（父と母の描写などからも）、いかにもホイットマンらしい落ち着きなく出歩く少年が出てくる。また、周囲の物すべてと一体化してしまうところにも、この詩人自身の姿が投影されている。

結局、わたしは

結局、わたしは、いまだに子どもみたいなもの、自分の名前の響きが嬉しくて、
　何度となく繰り返してみるんだから。
他人の気持ちでそれを聴いても――まったく飽きることがない。
あなたの名前だってそうですよ――
名前の響きがいつも同じだなんて、思わないでしょうね？

結局、わたしは（詩群「秋の小川」より）一八六〇年

――短詩型のうちに、ユーモアをまじえ、しかし人間の本質にせまるような問いを発する。自己への内省と、自己賛美とが不思議なバランスで溶けあっているかのようだ。

インドへの道（抄）

1

歌うのはわが日々について、
歌うのは今日のすばらしき偉業について、
歌うのは技師たちの強力にして軽妙な仕事について、
そして現代の驚異について（古めかしくも重々しい「七つの驚異」はもはやすたれた）、
旧世界は東にスエズ運河があり、
新世界は強力な鉄道に結ばれ、
海には雄弁にして優しき電線が敷設《ふせつ》された——

それでもまずは叫び、そして叫びつづける、おまえとともにおお魂よ、
過去！　過去！　過去！と。

過去——暗く底知れぬ回想！
あふれんばかりの湾——眠る者たちと影たち！
過去——永遠にして偉大なる過去！
現在があるのは何といっても過去が発展したから
（弾丸が作られ、撃たれ、一線をつらぬき、なお先へ進むように、
現在も、過去によって十全に作られ、撃たれる）。

2

インドへの道だ、おお魂よ！

照らせ、アジアの神話、原始の寓話を。

おまえたちだけではない、世界の誇り高き真実よ、
おまえたちだけではない、現代科学の事実よ、
古代の神話と寓話、アジアとアフリカの寓話もある、
果てまで刺しつらぬく魂の光線も、解き放たれた夢もある、
深く潜行する聖典と伝説もある、
詩人たちの向こうみずな謀《はか》りごと、あまたの古い宗教もある、
おお　おまえたち神殿は昇る太陽のふり注ぐ百合よりも美しい！
おお　おまえたち寓話は退屈なものなどはねつけ、退屈なもののくびきを逃れ、
天翔《あまか》ける！
おまえたちめくるめく塔は先端鋭く、薔薇のように赤く、黄金に輝く！
限りなき寓話たちの塔は限りある夢から形作られる！
おまえたちもわたしは大歓迎する、他のものも大歓迎する！

おまえたちのことも、わたしは喜び歌う。

インドへの道！
さあ魂よ、原初からの神の意図が見えないか、
大地は網の目のようにつながれ、結ばれるようにという意図が、
諸民族も、隣国同士も、つがい、つがい合うようにという意図が、
海という海も渡られ、へだたりは狭められるようにという意図が、
陸地という陸地も溶接されるようにという意図が。

新たなる信仰を、わたしは歌う、
あなたがた船長、航海者、探検者、あなたがたの信仰を、
あなたがた技師、あなたがた建築家、機械工、あなたがたの信仰を、
あなたがたを、交易や交通のためだけでなく、
神の御名《みな》において、そしておまえのためにも、おお魂よ。

3

インドへの道！
見よ、魂、おまえのための二重の画像だ、
わたしはそのひとつに見る、スエズ運河が着工され、そして開通するのを、
わたしは見る、蒸気船の隊列を、ユージェニー王妃の船が先導するのを、
わたしは目にする、デッキから奇妙な光景を、はるかな穢《けが》れなき空、平らな砂浜を、
わたしはまたたく間に通り過ぎる、絵画的な群れを、労働者の一群を、
巨大な浚渫《しゅんせつ》機械を。

もうひとつは違う画面（それでもおまえのもの、すべておまえのものだ、おお魂よ）、
わたしは見る、わが大陸でパシフィック鉄道があらゆる障壁を越えるのを、

わたしは見る、貨物と客を乗せた長い長い列車がプラット川に沿って曲がるのを、
わたしは聴く、蒸気機関車が吼《ほ》えつつ疾駆し、蒸気の汽笛をかん高く響かせるのを、
わたしは聴く、汽笛が世界一壮大な風景に反響するのを、
わたしは横切る、ララミー平原を、わたしは目にする、奇岩を、孤高の岩山を、
わたしは見る、おびただしいヒエンソウと野生タマネギと荒涼としてくすんだ
　セージの点在する砂漠を、
わたしは垣間見る、遠くにもすぐ頭上にも高い山々を、わたしは見る、
　ウインド川とワーサッチ山を、
わたしは見る、記念碑山と鷹の巣山を、わたしは通り過ぎる、プロモントリー岬を、
　わたしは登攀《とうはん》する、ネヴァダ山脈を、
わたしは見わたす、気高きエルク山とその麓に立つ風を、
わたしは見る、フンボルト山系を、わたしは谷を縫い川を渡る、
わたしは見る、タホ湖の澄んだ水を、わたしは見る、堂々たる松林を、
あるいは大砂漠を、アルカリ質の平原を横切りながら、わたしは見つめる、

　湖や牧草地の魅惑的な蜃気楼《しんきろう》を、
そして印《しるし》をつける、これらを見つつ、また見たあと二本の細い線で、
架橋する、陸路の三、四千マイルを、
繋げる、東部と西部の海を、
ヨーロッパとアジアの道を。

（ああジェノバの人、* あなたの夢！　あなたの夢！
あなたが墓に横たえられてより数世紀のちに、
あなたが見つけた岸辺があなたの夢を証す）。

9

インドよりもさらに先への道！

おまえの翼はかくも遥かな飛翔のために生えそろっているか。
おお魂よ、おまえはかくも困難な航海をするつもりか。
かくも広大な海でおまえは戯れるのか。
サンスクリット語とヴェーダ聖典の底まで探るのか。
ならば、どこまでも気の向くままにせよ。

おまえへの、おまえの岸辺への道だ、年老いてなお荒ぶる謎また謎よ！
おまえへの道だ、おまえを統御するための、息のつまる問題また問題よ！
おまえ、骨の残骸は散らばり、生けるものはおまえに達したことがない。

インドよりもさらに先への道！
おお地と空の秘密だ！

＊クリストファー・コロンブス

おまえの秘密だ、おお海の水よ！　おお曲がりくねる小川よ河よ！
おまえの秘密だ、おお森よ野よ！　おまえの秘密だ、わが土地のたくましき山々よ！
おまえの秘密だ、おお平原よ！　おまえの秘密だ、灰色の岩々よ！
おお暁に染まる朝！　おお雲よ！　おお雨よ雪よ！
おお昼と夜、おまえへの道だ！
おお太陽と月とおまえたちすべての星辰《せいしん》！　天狼星と木星！
おまえへの道！

道、ほらその道！　わが血管のうちで血が燃える！
行くのだ　おお魂よ！　ただちに錨《いかり》を上げよ！
もやい綱を断ち切れ――出航せよ――帆という帆を広げろ！
ここ地上にわれわれは木々のごとく長いこと立ってきたのだからもうよかろう。
ここで食べ飲むだけの獣のように長々と這いつくばってきたのだからもうよかろう。

ここで書物など読んで長々と頭を混乱させてきたのだからもうよかろう。

先へと航海せよ——深い海のみへと舵《かじ》を取りながら、
おお魂よ、無謀に探るのだ、わたしはおまえと、そしておまえはわたしとともにある、
われらは船乗りも恐れたところへと向かっているのだから、
そして船を危険にさらすのだ、われわれすべてを。

おおわが勇壮なる魂！
おお先へ先へと航海せよ！
おお果敢なる喜び、それでも安全だ！　すべては神の海。
おお先へ、先へ、先へと航海せよ！

インドへの道（詩群「インドへの道」より）一八七一年

後期を代表する気宇壮大な連作詩。一八六〇年代末、スエズ運河の開通、大陸横断鉄道の完成、そして大西洋電線の敷設という画期的な出来事が相次いで起こった。それらはみな、技術革新によって世界規模のコミュニケーションが図られたことを意味する。大いに刺激を受けたホイットマンは、まず原初の知恵の場所たるインドへの道が近くなったことを喜び、国際的な繋《つな》がりを希求する。だが、これにとどまらず、南北戦争後のいわゆる「金メッキ時代」の物質中心的価値観に異を唱えるためにもインドより先の道、神の姿を幻視する。こうして、科学技術、進化思想、神秘主義などが結びつけられ、本人も「これほどまで自分を出しきった詩はない、これは究極の自分だ」と手紙のなかで語っている。なお、イギリスの小説家E・M・フォースターはこの詩から題名を借りて、『インドへの道』（一九二四年）を書いた。

音も立てずじっとしている一匹の蜘蛛

音も立てずじっとしている一匹の蜘蛛、
わたしは目にした、そいつが小さな岬にぽつんとたたずむのを、
目にしたのだ、広漠たる場所を探索するのを、
その蜘蛛はおのが身から発した――細い糸を、細い糸を、細い糸を、
繰り出しつづけたのだ、倦《う》むことなく速く、さらに速く。

そして、おまえ、おおそこに立つわが魂よ、
はるかな海原のような空間に囲まれ、超然とし、
終わりなく瞑想にふけり、危険を賭《と》し、糸を出し、星たちを繋ぎあわせれば、
求める橋はいつか築かれるだろう、ふらつく錨《いかり》もいつか落ち着くだろう、
いつかおまえの投じる透明な糸もどこかで獲物を捕えるだろう。おおわが魂よ。

音も立てずじっとしている一匹の蜘蛛

（詩群「天上の死のささやき」より）一八六八年

――ホイットマンの思想が蜘蛛という具体的なイメージに凝縮された寓意的な詩。一見孤立した存在に見えても、人間同士、さらには人間を超越した存在にまで、あたかも蜘蛛が巣を張るように関係を広げたいと希望を述べる。

さらば、わがうちなる空想の人よ！

さらば、わがうちなる空想の人よ！
さらば友よ、愛するものよ！
わたしは去る、どこへ行くのか、
どんな幸運に出会うのか、君とまた会えるかどうかもわからない、
だから、さらば、わがうちなる空想の人よ。

さて、最後に——しばし思い起こさせてくれ、
わが体内時計は遅れがち、音もかすか、
ここは出口、夜のとばりも落ち、心臓の鼓動もまもなく止《や》む。
長いことわれらは生き、楽しみ、抱《いだ》き合った。

喜ばしい！——いまやお別れだ——さらば、わが**うちなる空想の人**よ。

とはいえ、そうせかさないでくれ、
こんなにも長く生き、眠り、おまえと溶けあい、ひとつになってきたんだから。
だから、死ぬなら、一緒に死のう（そう、われらはいつまでもひとつ）、
どこへ行くにしても、とにかく一緒に行ってみよう、
もしかしたら、かえって心躍るかもしれん、学ぶこともあるかもしれん、
もしかしたら、今度は君のほうかもしれん、真の歌へと導いてくれるのは
（どうなることか）、
もしかしたら、死への扉の取っ手に手をかけているのは君かもしれん——だから、
　さあおしまい、
これにて——さらば！　わが**うちなる空想の人**よ。

さらば、わがうちなる空想の人よ！

（詩群「さらば、わがうちなる空想の人よ！」より）一八九一年

晩年に出版された同名の詩群に収められた辞世の詩。健康と創造力の衰えを実感し、自己に取り憑いて離れない空想的な詩人――すなわち、もうひとりの自分――、いわば「魔」のような存在との対話を試み、そして別れを告げようとしている。

One's-Self I Sing

One's-Self I sing, a simple separate person,
Yet utter the word Democratic, the word En-Masse.

Of physiology from top to toe I sing,
Not physiognomy alone nor brain alone is worthy for
the Muse, I say the Form complete is worthier far,
The Female equally with the Male I sing.

Of Life immense in passion, pulse, and power,
Cheerful, for freest action form'd under the laws
divine,
The Modern Man I sing.

I Hear America Singing

I hear America singing, the varied carols I hear,

Those of mechanics, each one singing his as it should
be blithe and strong,
The carpenter singing his as he measures his plank
or beam,
The mason singing his as he makes ready for work,
or leaves off work,
The boatman singing what belongs to him in his boat,
the deck-hand singing on the steamboat deck,
The shoemaker singing as he sits on his bench,
the hatter singing as he stands,
The wood-cutter's song, the ploughboy's on his way
in the morning, or at noon intermission or at
sundown,
The delicious singing of the mother, or of the young
wife at work, or of the girl sewing or washing,
Each singing what belongs to him or her and to none
else,
The day what belongs to the day—at night the party
of young fellows, robust, friendly,
Singing with open mouths their strong melodious
songs.

from *Song of Myself*

1

I celebrate myself, and sing myself,
And what I assume you shall assume,
For every atom belonging to me as good belongs to you.

I loafe and invite my soul,
I lean and loafe at my ease observing a spear of summer grass.

My tongue, every atom of my blood, form'd from this soil, this air,
Born here of parents born here from parents the same, and their parents the same,
I, now thirty-seven years old in perfect health begin,
Hoping to cease not till death.

Creeds and schools in abeyance,
Retiring back a while sufficed at what they are, but never forgotten,
I harbor for good or bad, I permit to speak at every hazard,
Nature without check with original energy.

6

A child said *What is the grass?* fetching it to me with full hands;
How could I answer the child? I do not know what it is any more than he.

I guess it must be the flag of my disposition, out of hopeful green stuff woven.

Or I guess it is the handkerchief of the Lord,
A scented gift and remembrancer designedly dropt,
Bearing the owner's name someway in the corners, that we may see and remark, and say *Whose?*

Or I guess the grass is itself a child, the produced babe of the vegetation.

Or I guess it is a uniform hieroglyphic,
And it means, Sprouting alike in broad zones and narrow zones,
Growing among black folks as among white,
Kanuck, Tuckahoe, Congressman, Cuff, I give them the same, I receive them the same.

And now it seems to me the beautiful uncut hair of graves.

Tenderly will I use you curling grass,
It may be you transpire from the breasts of young men,
It may be if I had known them I would have loved them,
It may be you are from old people, or from offspring taken soon out of their mothers' laps,
And here you are the mothers' laps.

This grass is very dark to be from the white heads of old mothers,
Darker than the colorless beards of old men,
Dark to come from under the faint red roofs of mouths.

O I perceive after all so many uttering tongues,
And I perceive they do not come from the roofs of mouths for nothing.

I wish I could translate the hints about the dead young men and women,
And the hints about old men and mothers, and the offspring taken soon out of their laps.

What do you think has become of the young and old men?
And what do you think has become of the women

and children?

They are alive and well somewhere,
The smallest sprout shows there is really no death,
And if ever there was it led forward life, and does not wait at the end to arrest it,
And ceas'd the moment life appear'd.

All goes onward and outward, nothing collapses,
And to die is different from what any one supposed, and luckier.

21

I am the poet of the Body and I am the poet of the Soul,
The pleasures of heaven are with me and the pains of hell are with me,
The first, I graft and increase upon myself, the latter I translate into a new tongue.

I am the poet of the woman the same as the man,
And I say it is as great to be a woman as to be a man,
And I say there is nothing greater than the mother of men.

I chant the chant of dilation or pride,
We have had ducking and deprecating about enough,

I show that size is only development.

Have you outstript the rest? are you the President?
It is a trifle, they will more than arrive there every one, and still pass on.

I am he that walks with the tender and growing night,
I call to the earth and sea half-held by the night.

Press close bare-bosom'd night—press close magnetic nourishing night!
Night of south winds—night of the large few stars!
Still nodding night—mad naked summer night.

Smile O voluptuous cool-breath'd earth!
Earth of the slumbering and liquid trees!
Earth of departed sunset—earth of the mountains misty-topt!
Earth of the vitreous pour of the full moon just tinged with blue!
Earth of shine and dark mottling the tide of the river!
Earth of the limpid gray of clouds brighter and clearer for my sake!
Far-swooping elbow'd earth—rich apple-blossom'd earth!
Smile, for your lover comes.

Prodigal, you have given me love—therefore I to you
give love!
O unspeakable passionate love.

24
Walt Whitman, a kosmos, of Manhattan the son,
Turbulent, fleshy, sensual, eating, drinking and
breeding,
No sentimentalist, no stander above men and women
or apart from them,
No more modest than immodest.

Unscrew the locks from the doors!
Unscrew the doors themselves from their jambs!

Whoever degrades another degrades me,
And whatever is done or said returns at last to me.

Through me the afflatus surging and surging,
through me the current and index.

I speak the pass-word primeval, I give the sign of
democracy,
By God! I will accept nothing which all cannot have
their counterpart of on the same terms.

Through me many long dumb voices,
Voices of the interminable generations of prisoners and slaves,
Voices of the diseas'd and despairing and of thieves and dwarfs,
Voices of cycles of preparation and accretion,
And of the threads that connect the stars, and of wombs and of the father-stuff,
And of the rights of them the others are down upon,
Of the deform'd, trivial, flat, foolish, despised,
Fog in the air, beetles rolling balls of dung.

Through me forbidden voices,
Voices of sexes and lusts, voices veil'd and I remove the veil,
Voices indecent by me clarified and transfigur'd.

I do not press my fingers across my mouth,
I keep as delicate around the bowels as around the head and heart,
Copulation is no more rank to me than death is.

I believe in the flesh and the appetites,
Seeing, hearing, feeling, are miracles, and each part and tag of me is a miracle.

Divine am I inside and out, and I make holy whatever

I touch or am touch'd from,
The scent of these arm-pits aroma finer than prayer,
This head more than churches, bibles, and all the
creeds . . .

34
Now I tell what I knew in Texas in my early youth,
(I tell not the fall of Alamo,
Not one escaped to tell the fall of Alamo,
The hundred and fifty are dumb yet at Alamo,)
'Tis the tale of the murder in cold blood of four
hundred and twelve young men.

Retreating they had form'd in a hollow square with
their baggage for breastworks,
Nine hundred lives out of the surrounding enemy's,
nine times their number, was the price they took
in advance,
Their colonel was wounded and their ammunition
gone,
They treated for an honorable capitulation, receiv'd
writing and seal, gave up their arms and march'd
back prisoners of war.

They were the glory of the race of rangers,
Matchless with horse, rifle, song, supper, courtship,
Large, turbulent, generous, handsome, proud, and

affectionate,
Bearded, sunburnt, drest in the free costume of
hunters,
Not a single one over thirty years of age.

The second First-day morning they were brought out
in squads and massacred, it was beautiful early
summer,
The work commenced about five o'clock and was
over by eight.

None obey'd the command to kneel,
Some made a mad and helpless rush, some stood
stark and straight,
A few fell at once, shot in the temple or heart, the
living and dead lay together,
The maim'd and mangled dug in the dirt, the new-
comers saw them there,
Some half-kill'd attempted to crawl away,
These were despatch'd with bayonets or batter'd
with the blunts of muskets,
A youth not seventeen years old seiz'd his assassin
till two more came to release him,
The three were all torn and cover'd with the boy's
blood.

At eleven o'clock began the burning of the bodies;

That is the tale of the murder of the four hundred
and twelve young men.

44

It is time to explain myself—let us stand up.

What is known I strip away,
I launch all men and women forward with me into
the Unknown.

The clock indicates the moment—but what does
eternity indicate?

We have thus far exhausted trillions of winters and
summers,
There are trillions ahead, and trillions ahead of them.

Births have brought us richness and variety,
And other births will bring us richness and variety.

I do not call one greater and one smaller,
That which fills its period and place is equal to any.

Were mankind murderous or jealous upon you, my
brother, my sister?
I am sorry for you, they are not murderous or jealous
upon me,

All has been gentle with me, I keep no account with
lamentation,
(What have I to do with lamentation?)

I am an acme of things accomplish'd, and I an
encloser of things to be.

My feet strike an apex of the apices of the stairs,
On every step bunches of ages, and larger bunches
between the steps,
All below duly travel'd, and still I mount and mount.

Rise after rise bow the phantoms behind me,
Afar down I see the huge first Nothing, I know I was
even there,
I waited unseen and always, and slept through the
lethargic mist,
And took my time, and took no hurt from the fetid
carbon.

Long I was hugg'd close—long and long.

Immense have been the preparations for me,
Faithful and friendly the arms that have help'd me.

Cycles ferried my cradle, rowing and rowing like
cheerful boatmen,

For room to me stars kept aside in their own rings,
They sent influences to look after what was to hold
me.

Before I was born out of my mother generations
guided me,
My embryo has never been torpid, nothing could
overlay it.

For it the nebula cohered to an orb,
The long slow strata piled to rest it on,
Vast vegetables gave it sustenance,
Monstrous sauroids transported it in their mouths
and deposited it with care.

All forces have been steadily employ'd to complete
and delight me,
Now on this spot I stand with my robust soul.

51

The past and present wilt—I have fill'd them, emptied
them,
And proceed to fill my next fold of the future.

Listener up there! what have you to confide to me?
Look in my face while I snuff the sidle of evening,
(Talk honestly, no one else hears you, and I stay only

a minute longer.)

Do I contradict myself?
Very well then I contradict myself,
(I am large, I contain multitudes.)

I concentrate toward them that are nigh, I wait on the door-slab.

Who has done his day's work? who will soonest be through with his supper?
Who wishes to walk with me?

Will you speak before I am gone? will you prove already too late?

52
The spotted hawk swoops by and accuses me, he complains of my gab and my loitering.

I too am not a bit tamed, I too am untranslatable,
I sound my barbaric yawp over the roofs of the world.

The last scud of day holds back for me,
It flings my likeness after the rest and true as any on the shadow'd wilds,
It coaxes me to the vapor and the dusk.

I depart as air, I shake my white locks at the
runaway sun,
I effuse my flesh in eddies, and drift it in lacy jags.

I bequeath myself to the dirt to grow from the grass
I love,
If you want me again look for me under your boot-
soles.

You will hardly know who I am or what I mean,
But I shall be good health to you nevertheless,
And filter and fibre your blood.

Failing to fetch me at first keep encouraged,
Missing me one place search another,
I stop somewhere waiting for you.

from *I Sing the Body Electric*

1

I sing the body electric,
The armies of those I love engirth me and I engirth
them,

They will not let me off till I go with them, respond to
them,
And discorrupt them, and charge them full with the
charge of the soul.

Was it doubted that those who corrupt their own
bodies conceal themselves?
And if those who defile the living are as bad as they
who defile the dead?
And if the body does not do fully as much as the soul?
And if the body were not the soul, what is the soul?

4

I have perceiv'd that to be with those I like is enough,
To stop in company with the rest at evening is
enough,
To be surrounded by beautiful, curious, breathing,
laughing flesh is enough,
To pass among them or touch any one, or rest my
arm ever so lightly round his or her neck for a
moment, what is this then?
I do not ask any more delight, I swim in it as in a sea.

There is something in staying close to men and
women and looking on them, and in the contact
and odor of them, that pleases the soul well,
All things please the soul, but these please the soul

well.

7
A man's body at auction,
(For before the war I often go to the slave-mart and
watch the sale,)
I help the auctioneer, the sloven does not half know
his business.

Gentlemen look on this wonder,
Whatever the bids of the bidders they cannot be high
enough for it,
For it the globe lay preparing quintillions of years
without one animal or plant,
For it the revolving cycles truly and steadily roll'd.

In this head the all-baffling brain,
In it and below it the makings of heroes.

Examine these limbs, red, black, or white, they are
cunning in tendon and nerve,
They shall be stript that you may see them.

Exquisite senses, life-lit eyes, pluck, volition,
Flakes of breast-muscle, pliant backbone and neck,
flesh not flabby, good-sized arms and legs,
And wonders within there yet.

Within there runs blood,
The same old blood! the same red-running blood!
There swells and jets a heart, there all passions, desires, reachings, aspirations,
(Do you think they are not there because they are not express'd in parlors and lecture-rooms?)

This is not only one man, this the father of those who shall be fathers in their turns,
In him the start of populous states and rich republics,
Of him countless immortal lives with countless embodiments and enjoyments.

How do you know who shall come from the offspring of his offspring through the centuries?
(Who might you find you have come from yourself, if you could trace back through the centuries?)

8
A woman's body at auction,
She too is not only herself, she is the teeming mother of mothers,
She is the bearer of them that shall grow and be mates to the mothers.

Have you ever loved the body of a woman?

Have you ever loved the body of a man?
Do you not see that these are exactly the same to all in all nations and times all over the earth?

If any thing is sacred the human body is sacred,
And the glory and sweet of a man is the token of manhood untainted,
And in man or woman a clean, strong, firm-fibred body, is more beautiful than the most beautiful face.

Have you seen the fool that corrupted his own live body? or the fool that corrupted her own live body?
For they do not conceal themselves, and cannot conceal themselves.

I Saw in Louisiana a Live-Oak Growing

I saw in Louisiana a live-oak growing,
All alone stood it and the moss hung down from the branches,
Without any companion it grew there uttering joyous leaves of dark green,
And its look, rude, unbending, lusty, made me think

of myself,
But I wonder'd how it could utter joyous leaves standing alone there without its friend near, for I knew I could not,
And I broke off a twig with a certain number of leaves upon it, and twined around it a little moss,
And brought it away, and I have placed it in sight in my room,
It is not needed to remind me as of my own dear friends,
(For I believe lately I think of little else than of them,)
Yet it remains to me a curious token, it makes me think of manly love;
For all that, and though the live-oak glistens there in Louisiana solitary in a wide flat space,
Uttering joyous leaves all its life without a friend a lover near,
I know very well I could not.

from *Song of the Open Road*

Afoot and light-hearted I take to the open road,
Healthy, free, the world before me,
The long brown path before me leading wherever I

choose.

Henceforth I ask not good-fortune, I myself am good-
  fortune,
Henceforth I whimper no more, postpone no more,
  need nothing,
Done with indoor complaints, libraries, querulous
  criticisms,
Strong and content I travel the open road.

The earth, that is sufficient,
I do not want the constellations any nearer,
I know they are very well where they are,
I know they suffice for those who belong to them.

(Still here I carry my old delicious burdens,
I carry them, men and women, I carry them with me
  wherever I go,
I swear it is impossible for me to get rid of them,
I am fill'd with them, and I will fill them in return.)

Out of the Cradle Endlessly Rocking

Out of the cradle endlessly rocking,
Out of the mocking-bird's throat, the musical shuttle,
Out of the Ninth-month midnight,
Over the sterile sands and the fields beyond, where the child leaving his bed wander'd alone, bareheaded, barefoot,
Down from the shower'd halo,
Up from the mystic play of shadows twining and twisting as if they were alive,
Out from the patches of briers and blackberries,
From the memories of the bird that chanted to me,
From your memories sad brother, from the fitful risings and fallings I heard,
From under that yellow half-moon late-risen and swollen as if with tears,
From those beginning notes of yearning and love there in the mist,
From the thousand responses of my heart never to cease,
From the myriad thence-arous'd words,
From the word stronger and more delicious than any,
From such as now they start the scene revisiting,
As a flock, twittering, rising, or overhead passing,

Borne hither, ere all eludes me, hurriedly,
A man, yet by these tears a little boy again,
Throwing myself on the sand, confronting the waves,
I, chanter of pains and joys, uniter of here and
hereafter,
Taking all hints to use them, but swiftly leaping
beyond them,
A reminiscence sing.

Once Paumanok,
When the lilac-scent was in the air and Fifth-month
grass was growing,
Up this seashore in some briers,
Two feather'd guests from Alabama, two together,
And their nest, and four light-green eggs spotted with
brown,
And every day the he-bird to and fro near at hand,
And every day the she-bird crouch'd on her nest,
silent, with bright eyes,
And every day I, a curious boy, never too close, never
disturbing them,
Cautiously peering, absorbing, translating.

Shine! shine! shine!
Pour down your warmth, great sun!
While we bask, we two together.

Two together!
Winds blow south, or winds blow north,
Day come white, or night come black,
Home, or rivers and mountains from home,
Singing all time, minding no time,
While we two keep together.

Till of a sudden,
May-be kill'd, unknown to her mate,
One forenoon the she-bird crouch'd not on the nest,
Nor return'd that afternoon, nor the next,
Nor ever appear'd again.

And thenceforward all summer in the sound of the sea,
And at night under the full of the moon in calmer weather,
Over the hoarse surging of the sea,
Or flitting from brier to brier by day,
I saw, I heard at intervals the remaining one, the he-bird,
The solitary guest from Alabama.

Blow! blow! blow!
Blow up sea-winds along Paumanok's shore;
I wait and I wait till you blow my mate to me.

Yes, when the stars glisten'd,
All night long on the prong of a moss-scallop'd stake,
Down almost amid the slapping waves,
Sat the lone singer wonderful causing tears.

He call'd on his mate,
He pour'd forth the meanings which I of all men
    know.

Yes my brother I know,
The rest might not, but I have treasur'd every note,
For more than once dimly down to the beach gliding,
Silent, avoiding the moonbeams, blending myself with
    the shadows,
Recalling now the obscure shapes, the echoes, the
    sounds and sights after their sorts,
The white arms out in the breakers tirelessly tossing,
I, with bare feet, a child, the wind wafting my hair,
Listen'd long and long.

Listen'd to keep, to sing, now translating the notes,
Following you my brother.

Soothe! soothe! soothe!
Close on its wave soothes the wave behind,
And again another behind embracing and lapping,
    every one close,

But my love soothes not me, not me.

Low hangs the moon, it rose late,
It is lagging—O I think it is heavy with love, with love.

O madly the sea pushes upon the land,
With love, with love.

O night! do I not see my love fluttering out among the breakers?
What is that little black thing I see there in the white?

Loud! loud! loud!
Loud I call to you, my love!
High and clear I shoot my voice over the waves,
Surely you must know who is here, is here,
You must know who I am, my love.

Low-hanging moon!
What is that dusky spot in your brown yellow?
O it is the shape, the shape of my mate!
O moon do not keep her from me any longer.

Land! land! O land!
Whichever way I turn, O I think you could give me

my mate back again if you only would,
For I am almost sure I see her dimly whichever way I look.

O rising stars!
Perhaps the one I want so much will rise, will rise with some of you.

O throat! O trembling throat!
Sound clearer through the atmosphere!
Pierce the woods, the earth,
Somewhere listening to catch you must be the one I want.

Shake out carols!
Solitary here, the night's carols!
Carols of lonesome love! death's carols!
Carols under that lagging, yellow, waning moon!
O under that moon where she droops almost down into the sea!
O reckless despairing carols.

But soft! sink low!
Soft! let me just murmur,
And do you wait a moment you husky-nois'd sea,
For somewhere I believe I heard my mate responding to me,

So faint, I must be still, be still to listen,
But not altogether still, for then she might not come immediately to me.

Hither my love!
Here I am! here!
With this just-sustain'd note I announce myself to you,
This gentle call is for you my love, for you.

Do not be decoy'd elsewhere,
That is the whistle of the wind, it is not my voice,
That is the fluttering, the fluttering of the spray,
Those are the shadows of leaves.

O darkness! O in vain!
O I am very sick and sorrowful.

O brown halo in the sky near the moon, drooping upon the sea!
O troubled reflection in the sea!
O throat! O throbbing heart!
And I singing uselessly, uselessly all the night.

O past! O happy life! O songs of joy!
In the air, in the woods, over fields,
Loved! loved! loved! loved! loved!

But my mate no more, no more with me!
We two together no more.

The aria sinking,
All else continuing, the stars shining,
The winds blowing, the notes of the bird continuous echoing,
With angry moans the fierce old mother incessantly moaning,
On the sands of Paumanok's shore gray and rustling,
The yellow half-moon enlarged, sagging down, drooping, the face of the sea almost touching,
The boy ecstatic, with his bare feet the waves, with his hair the atmosphere dallying,
The love in the heart long pent, now loose, now at last tumultuously bursting,
The aria's meaning, the ears, the soul, swiftly depositing,
The strange tears down the cheeks coursing,
The colloquy there, the trio, each uttering,
The undertone, the savage old mother incessantly crying,
To the boy's soul's questions sullenly timing, some drown'd secret hissing,
To the outsetting bard.

Demon or bird! (said the boy's soul,)

It is indeed toward your mate you sing? or is it really to me?
For I, that was a child, my tongue's use sleeping, now I have heard you,
Now in a moment I know what I am for, I awake,
And already a thousand singers, a thousand songs, clearer, louder and more sorrowful than yours,
A thousand warbling echoes have started to life within me, never to die.

O you singer solitary, singing by yourself, projecting me,
O solitary me listening, never more shall I cease perpetuating you,
Never more shall I escape, never more the reverberations,
Never more the cries of unsatisfied love be absent from me,
Never again leave me to be the peaceful child I was before what there in the night,
By the sea under the yellow and sagging moon,
The messenger there arous'd, the fire, the sweet hell within,
The unknown want, the destiny of me.

O give me the clew! (it lurks in the night here somewhere,)

O if I am to have so much, let me have more!

A word then, (for I will conquer it,)
The word final, superior to all,
Subtle, sent up—what is it?—I listen;
Are you whispering it, and have been all the time, you sea-waves?
Is that it from your liquid rims and wet sands?

Whereto answering, the sea,
Delaying not, hurrying not,
Whisper'd me through the night, and very plainly before day-break,
Lisp'd to me the low and delicious word death,
And again death, death, death, death,
Hissing melodious, neither like the bird nor like my arous'd child's heart,
But edging near as privately for me rustling at my feet,
Creeping thence steadily up to my ears and laving me softly all over,
Death, death, death, death, death.

Which I do not forget,
But fuse the song of my dusky demon and brother,
That he sang to me in the moonlight on Paumanok's gray beach,

With the thousand responsive songs at random,
My own songs awaked from that hour,
And with them the key, the word up from the waves,
The word of the sweetest song and all songs,
That strong and delicious word which, creeping to my feet,
(Or like some old crone rocking the cradle, swathed in sweet garments, bending aside,)
The sea whisper'd me.

The Dalliance of the Eagles

Skirting the river road, (my forenoon walk, my rest,)
Skyward in air a sudden muffled sound, the dalliance of the eagles,
The rushing amorous contact high in space together,
The clinching interlocking claws, a living, fierce, gyrating wheel,
Four beating wings, two beaks, a swirling mass tight grappling,
In tumbling turning clustering loops, straight downward falling,
Till o'er the river pois'd, the twain yet one, a moment's lull,

A motionless still balance in the air, then parting,
    talons loosing,
Upward again on slow-firm pinions slanting, their
    separate diverse flight,
She hers, he his, pursuing.

A Farm Picture

Through the ample open door of the peaceful country
    barn,
A sunlit pasture field with cattle and horses feeding,
And haze and vista, and the far horizon fading away.

The Runner

On a flat road runs the well-train'd runner,
He is lean and sinewy with muscular legs,
He is thinly clothed, he leans forward as he runs,
With lightly closed fists and arms partially rais'd.

Cavalry Crossing a Ford

A line in long array where they wind betwixt green
  islands,
They take a serpentine course, their arms flash in the
  sun—hark to the musical clank,
Behold the silvery river, in it the splashing horses
  loitering stop to drink,
Behold the brown-faced men, each group, each person
  a picture, the negligent rest on the saddles,
Some emerge on the opposite bank, others are just
  entering the ford—while,
Scarlet and blue and snowy white,
The guidon flags flutter gayly in the wind.

A Sight in Camp in the Daybreak Gray and Dim

A sight in camp in the daybreak gray and dim,
As from my tent I emerge so early sleepless,
As slow I walk in the cool fresh air the path near by
  the hospital tent,
Three forms I see on stretchers lying, brought out

there untended lying,
Over each the blanket spread, ample brownish woolen blanket,
Gray and heavy blanket, folding, covering all.

Curious I halt and silent stand,
Then with light fingers I from the face of the nearest the first just lift the blanket;
Who are you elderly man so gaunt and grim, with well-gray'd hair, and flesh all sunken about the eyes?
Who are you my dear comrade?

Then to the second I step—and who are you my child and darling?
Who are you sweet boy with cheeks yet blooming?

Then to the third—a face nor child nor old, very calm, as of beautiful yellow-white ivory;
Young man I think I know you—I think this face is the face of the Christ himself,
Dead and divine and brother of all, and here again he lies.

from *When Lilacs Last in the Dooryard Bloom'd*

1
When lilacs last in the dooryard bloom'd,
And the great star early droop'd in the western sky
in the night,
I mourn'd, and yet shall mourn with ever-returning
spring.

Ever-returning spring, trinity sure to me you bring,
Lilac blooming perennial and drooping star in the
west,
And thought of him I love.

2
O powerful western fallen star!
O shades of night—O moody, tearful night!
O great star disappear'd—O the black murk that
hides the star!
O cruel hands that hold me powerless—O helpless
soul of me!
O harsh surrounding cloud that will not free my soul.

3
In the dooryard fronting an old farm-house near the

white-wash'd palings,
Stands the lilac-bush tall-growing with heart-shaped leaves of rich green,
With many a pointed blossom rising delicate, with the perfume strong I love,
With every leaf a miracle—and from this bush in the dooryard,
With delicate-color'd blossoms and heart-shaped leaves of rich green,
A sprig with its flower I break.

4

In the swamp in secluded recesses,
A shy and hidden bird is warbling a song.

Solitary the thrush,
The hermit withdrawn to himself, avoiding the settlements,
Sings by himself a song.

Song of the bleeding throat,
Death's outlet song of life, (for well dear brother I know,
If thou wast not granted to sing thou would'st surely die.)

5
Over the breast of the spring, the land, amid cities,
Amid lanes and through old woods, where lately the violets peep'd from the ground, spotting the gray debris,
Amid the grass in the fields each side of the lanes, passing the endless grass,
Passing the yellow-spear'd wheat, every grain from its shroud in the dark-brown fields uprisen,
Passing the apple-tree blows of white and pink in the orchards,
Carrying a corpse to where it shall rest in the grave,
Night and day journeys a coffin.

6
Coffin that passes through lanes and streets,
Through day and night with the great cloud darkening the land,
With the pomp of the inloop'd flags with the cities draped in black,
With the show of the States themselves as of crape-veil'd women standing,
With processions long and winding and the flambeaus of the night,
With the countless torches lit, with the silent sea of faces and the unbared heads,
With the waiting depot, the arriving coffin, and the

sombre faces,
With dirges through the night, with the thousand voices rising strong and solemn,
With all the mournful voices of the dirges pour'd around the coffin,
The dim-lit churches and the shuddering organs—where amid these you journey,
With the tolling tolling bells' perpetual clang,
Here, coffin that slowly passes,
I give you my sprig of lilac.

16

Passing the visions, passing the night,
Passing, unloosing the hold of my comrades' hands,
Passing the song of the hermit bird and the tallying song of my soul,
Victorious song, death's outlet song, yet varying ever-altering song,
As low and wailing, yet clear the notes, rising and falling, flooding the night,
Sadly sinking and fainting, as warning and warning, and yet again bursting with joy,
Covering the earth and filling the spread of the heaven,
As that powerful psalm in the night I heard from recesses,
Passing, I leave thee lilac with heart-shaped leaves,

I leave thee there in the door-yard, blooming,
returning with spring.

I cease from my song for thee,
From my gaze on thee in the west, fronting the west,
communing with thee,
O comrade lustrous with silver face in the night.

Yet each to keep and all, retrievements out of the
night,
The song, the wondrous chant of the gray-brown bird,
And the tallying chant, the echo arous'd in my soul,
With the lustrous and drooping star with the
countenance full of woe,
With the holders holding my hand nearing the call of
the bird,
Comrades mine and I in the midst, and their memory
ever to keep, for the dead I loved so well,
For the sweetest, wisest soul of all my days and lands
—and this for his dear sake,
Lilac and star and bird twined with the chant of my
soul,
There in the fragrant pines and the cedars dusk and
dim.

O Captain! My Captain!

O Captain! my Captain! our fearful trip is done,
The ship has weather'd every rack, the prize we
 sought is won,
The port is near, the bells I hear, the people all
 exulting,
While follow eyes the steady keel, the vessel grim and
 daring;
 But O heart! heart! heart!
  O the bleeding drops of red,
   Where on the deck my Captain lies,
    Fallen cold and dead.

O Captain! my Captain! rise up and hear the bells;
Rise up—for you the flag is flung—for you the bugle
 trills,
For you bouquets and ribbon'd wreaths—for you the
 shores a-crowding,
For you they call, the swaying mass, their eager faces
 turning;
 Here Captain! dear father!
  This arm beneath your head!
   It is some dream that on the deck,
    You've fallen cold and dead.

My Captain does not answer, his lips are pale and still,
My father does not feel my arm, he has no pulse nor will,
The ship is anchor'd safe and sound, its voyage closed and done,
From fearful trip the victor ship comes in with object won;
Exult O shores, and ring O bells!
But I with mournful tread,
Walk the deck my Captain lies,
Fallen cold and dead.

There Was a Child Went Forth

There was a child went forth every day,
And the first object he look'd upon, that object he became,
And that object became part of him for the day or a certain part of the day,
Or for many years or stretching cycles of years.

The early lilacs became part of this child,

And grass and white and red morning-glories, and white and red clover, and the song of the phœbe-bird,
And the Third-month lambs and the sow's pink-faint litter and the mare's foal and the cow's calf,
And the noisy brood of the barnyard or by the mire of the pond-side,
And the fish suspending themselves so curiously below there, and the beautiful curious liquid,
And the water-plants with their graceful flat heads, all became part of him.

The field-sprouts of Fourth-month and Fifth-month became part of him,
Winter-grain sprouts and those of the light-yellow corn, and the esculent roots of the garden,
And the apple-trees cover'd with blossoms and the fruit afterward, and wood-berries, and the commonest weeds by the road,
And the old drunkard staggering home from the outhouse of the tavern whence he had lately risen,
And the schoolmistress that pass'd on her way to the school,
And the friendly boys that pass'd, and the quarrelsome boys,
And the tidy and fresh-cheek'd girls, and the barefoot negro boy and girl,

And all the changes of city and country wherever he
went.

His own parents, he that had father'd him and she
that had conceiv'd him in her womb and birth'd
him,
They gave this child more of themselves than that,
They gave him afterward every day, they became
part of him.

The mother at home quietly placing the dishes on the
supper-table,
The mother with mild words, clean her cap and
gown, a wholesome odor falling off her person and
clothes as she walks by,
The father, strong, self-sufficient, manly, mean, anger'd,
unjust,
The blow, the quick loud word, the tight bargain, the
crafty lure,
The family usages, the language, the company, the
furniture, the yearning and swelling heart,
Affection that will not be gainsay'd, the sense of what
is real, the thought if after all it should prove
unreal,
The doubts of day-time and the doubts of night-time,
the curious whether and how,
Whether that which appears so is so, or is it all

flashes and specks?
Men and women crowding fast in the streets, if they
are not flashes and specks what are they?
The streets themselves and the façades of houses,
and goods in the windows,
Vehicles, teams, the heavy-plank'd wharves, the huge
crossing at the ferries,
The village on the highland seen from afar at sunset,
the river between,
Shadows, aureola and mist, the light falling on roofs
and gables of white or brown two miles off,
The schooner near by sleepily dropping down the
tide, the little boat slack-tow'd astern,
The hurrying tumbling waves, quick-broken crests,
slapping,
The strata of color'd clouds, the long bar of maroon-
tint away solitary by itself, the spread of purity it
lies motionless in,
The horizon's edge, the flying sea-crow, the fragrance
of salt marsh and shore mud,
These became part of that child who went forth
every day, and who now goes, and will always go
forth every day.

What Am I After All

What am I after all but a child, pleas'd with the sound
of my own name? repeating it over and over;
I stand apart to hear—it never tires me.

To you your name also;
Did you think there was nothing but two or three
pronunciations in the sound of your name?

from *Passage to India*

1
Singing my days,
Singing the great achievements of the present,
Singing the strong light works of engineers,
Our modern wonders, (the antique ponderous Seven
outvied,)
In the Old World the east the Suez canal,
The New by its mighty railroad spann'd,
The seas inlaid with eloquent gentle wires;
Yet first to sound, and ever sound, the cry with thee

O soul,
The Past! the Past! the Past!

The Past—the dark unfathom'd retrospect!
The teeming gulf—the sleepers and the shadows!
The past—the infinite greatness of the past!
For what is the present after all but a growth out of
the past?
(As a projectile form'd, impell'd, passing a certain line,
still keeps on,
So the present, utterly form'd, impell'd by the past.)

2
Passage O soul to India!
Eclaircise the myths Asiatic, the primitive fables.

Not you alone proud truths of the world,
Nor you alone ye facts of modern science,
But myths and fables of eld, Asia's, Africa's fables,
The far-darting beams of the spirit, the unloos'd
dreams,
The deep diving bibles and legends,
The daring plots of the poets, the elder religions;
O you temples fairer than lilies pour'd over by the
rising sun!
O you fables spurning the known, eluding the hold of
the known, mounting to heaven!

You lofty and dazzling towers, pinnacled, red as roses, burnish'd with gold!
Towers of fables immortal fashion'd from mortal dreams!
You too I welcome and fully the same as the rest!
You too with joy I sing.

Passage to India!
Lo, soul, seest thou not God's purpose from the first?
The earth to be spann'd, connected by network,
The races, neighbors, to marry and be given in marriage,
The oceans to be cross'd, the distant brought near,
The lands to be welded together.

A worship new I sing,
You captains, voyagers, explorers, yours,
You engineers, you architects, machinists, yours,
You, not for trade or transportation only,
But in God's name, and for thy sake O soul.

3
Passage to India!
Lo soul for thee of tableaus twain,
I see in one the Suez canal initiated, open'd,
I see the procession of steamships, the Empress Eugenie's leading the van,

I mark from on deck the strange landscape, the pure sky, the level sand in the distance,
I pass swiftly the picturesque groups, the workmen gather'd,
The gigantic dredging machines.

In one again, different, (yet thine, all thine, O soul, the same,)
I see over my own continent the Pacific railroad surmounting every barrier,
I see continual trains of cars winding along the Platte carrying freight and passengers,
I hear the locomotives rushing and roaring, and the shrill steam-whistle,
I hear the echoes reverberate through the grandest scenery in the world,
I cross the Laramie plains, I note the rocks in grotesque shapes, the buttes,
I see the plentiful larkspur and wild onions, the barren, colorless, sage-deserts,
I see in glimpses afar or towering immediately above me the great mountains, I see the Wind river and the Wahsatch mountains,
I see the Monument mountain and the Eagle's Nest, I pass the Promontory, I ascend the Nevadas,
I scan the noble Elk mountain and wind around its base,

I see the Humboldt range, I thread the valley and
cross the river,
I see the clear waters of lake Tahoe, I see forests of
majestic pines,
Or crossing the great desert, the alkaline plains, I
behold enchanting mirages of waters and
meadows,
Marking through these and after all, in duplicate
slender lines,
Bridging the three or four thousand miles of land
travel,
Tying the Eastern to the Western sea,
The road between Europe and Asia.

(Ah Genoese thy dream! thy dream!
Centuries after thou art laid in thy grave,
The shore thou foundest verifies thy dream.)

9
Passage to more than India!
Are thy wings plumed indeed for such far flights?
O soul, voyagest thou indeed on voyages like those?
Disportest thou on waters such as those?
Soundest below the Sanscrit and the Vedas?
Then have thy bent unleash'd.

Passage to you, your shores, ye aged fierce enigmas!

Passage to you, to mastership of you, ye strangling
problems!
You, strew'd with the wrecks of skeletons, that, living,
never reach'd you.

Passage to more than India!
O secret of the earth and sky!
Of you O waters of the sea! O winding creeks and
rivers!
Of you O woods and fields! of you strong mountains
of my land!
Of you O prairies! of you gray rocks!
O morning red! O clouds! O rain and snows!
O day and night, passage to you!

O sun and moon and all you stars! Sirius and Jupiter!
Passage to you!

Passage, immediate passage! the blood burns in my
veins!
Away O soul! hoist instantly the anchor!
Cut the hawsers—haul out—shake out every sail!
Have we not stood here like trees in the ground long
enough?
Have we not grovel'd here long enough, eating and
drinking like mere brutes?
Have we not darken'd and dazed ourselves with

books long enough?

Sail forth—steer for the deep waters only,
Reckless O soul, exploring, I with thee, and thou with me,
For we are bound where mariner has not yet dared to go,
And we will risk the ship, ourselves and all.

O my brave soul!
O farther farther sail!
O daring joy, but safe! are they not all the seas of God?
O farther, farther, farther sail!

A Noiseless Patient Spider

A noiseless patient spider,
I mark'd where on a little promontory it stood isolated,
Mark'd how to explore the vacant vast surrounding,
It launch'd forth filament, filament, filament, out of itself,
Ever unreeling them, ever tirelessly speeding them.

And you O my soul where you stand,
Surrounded, detached, in measureless oceans of space,
Ceaselessly musing, venturing, throwing, seeking the spheres to connect them,
Till the bridge you will need be form'd, till the ductile anchor hold,
Till the gossamer thread you fling catch somewhere, O my soul.

Good-bye My Fancy!

Good-bye my Fancy!
Farewell dear mate, dear love!
I'm going away, I know not where,
Or to what fortune, or whether I may ever see you again,
So Good-bye my Fancy.

Now for my last—let me look back a moment;
The slower fainter ticking of the clock is in me,
Exit, nightfall, and soon the heart-thud stopping.

Long have we lived, joy'd, caress'd together;

Delightful! —now separation—Good-bye my Fancy.

Yet let me not be too hasty,
Long indeed have we lived, slept, filter'd, become really blended into one;
Then if we die we die together, (yes, we'll remain one,)
If we go anywhere we'll go together to meet what happens,
May-be we'll be better off and blither, and learn something,
May-be it is yourself now really ushering me to the true songs, (who knows?)
May-be it is you the mortal knob really undoing, turning—so now finally,
Good-bye—and hail! my Fancy.

Leaves of Grass

英文原典

解説

飯野友幸

　本書は一九世紀アメリカの代表的な詩人、ウォルト・ホイットマン（一八一九～一八九二）の詩集、『草の葉』（*Leaves of Grass*）の抄訳である。ホイットマンは一八五五年に初の詩集『草の葉』を出版後、後半生をその増補・改訂にささげ、最終的にはとてつもなく長大かつ複雑な一冊に仕上げた。生涯一詩集の人とでもいおうか。最後の版などは「死の床版」（Deathbed Edition）という執念と情念のこもった名で呼ばれている。本書のテキストはそれに拠った（底本としてはMichael Moon, Sculley Bradley, Harold William Blodgett eds. *Leaves of Grass and Other Writings: Authoritative Texts, Other Poetry and Prose, Criticism.* New York: Norton, 2002を使用した）。

　英語で「詩人」といえば、普通は「ポエット（poet）」という言葉が思い当たるが、それにくわえて「バード（bard）」という言葉もある。手近の英和辞書をひくと「吟遊詩人・放浪詩人」などとあり、もう少し詳しい辞書を引くと「抒情・叙事詩人、『歌い手』、一般に詩人」(オクスフォード英語辞典)という意味も出てくる。「吟遊」、「歌い手」という言葉には、詩が活字として印刷される以前に人の前で朗読していたような詩人、いわば近代以前の詩人、詩人の原型という響きがあるし、そもそもバードという言葉は特定の場所と時代を代表する文人も表わすので――シェイクスピアは「エイヴォンのバード」などと呼ばれる――、社会との接点を持ち、予言じみた言葉を発して人々に影響を与える職分を意味すると考えていい。社会の片隅でひっそりと難解な詩を書きつけるという、一九世紀末以来定着した詩人の姿とはかなり異なる。

ウォルト・ホイットマンは、まさに一九世紀アメリカ合衆国のバードであった。もちろん、必ずしも生前に大詩人と認知されたとは言えないが――予言者は故郷で受け入れられないもの――、今の時点から振り返るとその言葉がぴったり当てはまるし、何より本人に「バード」であろうとする自覚が異常なほどみなぎっていた。たとえば、愛情をこめて民衆に呼びかけるだけでなく、民衆と一体化しようとさえする。そもそも、『草の葉』という題名がどこでも目にするものを象徴することもあり、詩集はまさに民主主義を唱導せんとする意思の所産であった。

そもそも、ホイットマンは三十代半ばで処女詩集を出版するまで、叩きあげのジャーナリストであった。街を歩き、人と接し、そこから詩が生まれたのであり、いわばストリート系の詩人であった。同時代のアメリカを代表するもうひとりの詩人、エミリー・ディキンスンが生涯の多くの時間をマサチューセッツ州アマーストにある父親の邸宅の自室にこもって――伝説によれば白い衣服をまといながら――ひたすら自分のためだけに詩を書いていたのとはきわめて対照的だ。

街のざわめきをそのまま伝えようとしたのだろうか、ホイットマンの詩は、元気で、おおらかで、気宇壮大《きうそうだい》、自由で、あけっぴろげで、しばしば野卑でさえある。当時としてはわいせつと見なされる詩句も多く、批判を浴びることも少なくなかった。

おれは荒々しい雄たけびを世界の屋根という屋根に響かせる

という、「おれ自身の歌」52歌の詩人宣言は有名で、こんな男がそばにいたらかなりやかましいだろうが、まあ憎めない奴、愛すべき男ではあるのだろう。いや、愛されるより、愛する方が向いているようで、すべてを抱きしめ肯定しようとする思いはとどまるところをしらず、精神も肉体も、都会も自然も、同列に賞賛してしまう。「おれ自身の歌」51歌では、そんな自分の性格をあっけらかんと認めている。

おれは矛盾しているだろうか。
まあそれでもいい、おれは矛盾しているのさ
(おれは巨大だ、おれは多様性をかかえている)。

それゆえ、ホイットマンの言うことはあちこちで矛盾したり齟齬《そご》をきたしたりするが、それを批判してもあまり意味はない。額面どおりに受け取らず、この稀代《きたい》の詩人の吹きまくる豪快なホラを味わっていただきたい。

時代もまた、ホイットマンを造りあげた。独立から数十年がたち、アメリカという国への自意識が高まった時期にホイットマンは生を享《う》け、そして西欧の大国へとのしあがる過程で急激な変化をとげたアメリカとともに——しかもそれを最前線で具現し

たニューヨークという都会で——生涯を送ったのであり、その両方が独特の詩型にも反映されているかのようだ。

つまり、それまでイギリスの詩の模倣でしかなかったアメリカの詩の流れに抗し、厳格な韻律の規則を捨て、全面的に自由詩型を取り入れたということ。また、その自由詩も息の続くかぎり一行《ぎょう》がどこまでも伸びていくかのようで、産業・国力などすべての面で急激に拡張していくアメリカ社会を——少なくとも初期はかなり楽観的に——そのまま体現しているということ。そもそも、それまでアメリカを題材とし、賞賛しようなどという詩人はいなかった。初版への序文で、ホイットマンは「アメリカ合衆国自体が実質的にもっとも偉大な詩だ」とも公言している。そのため、一九二〇年代にアメリカの文壇でも国粋主義が発揚されたとき、その原点としてホイットマンの著作が見直されたりもした。

ここで生涯と時代をふりかえっておこう。

ホイットマンは一八一九年五月三十一日にニューヨーク州ロングアイランドに生まれた。八人兄弟の二番目で、父親は大工、ときに農業にもたずさわっていた。母親が

「内なる光」を信じるクェーカー教徒だったことは、のちに詩人となる息子の神秘主義的傾向に影響を与えているとも言われる。ウォルトが三歳になる前、家族は同じニューヨークのブルックリンに移住した。小学校は十一歳のときに中退し、それ以後学校教育というものをまったく受けなかった。

十三歳のときに家族はロングアイランドに戻るが、ウォルトはブルックリンに残り、新聞社の植字工として働きはじめる。それ以後、一時期教員をしたこともあったが、ジャーナリストとして活動し、十九歳のときに早くも「ロング・アイランダー」なる新聞をみずから創刊している。また、めまぐるしく新聞社を渡り歩きながら、一八四〇年代後半には民主党の機関紙に論陣を張ることもあり、たとえば合衆国西部への奴隷制の拡張に反対したりもした。

しかし、政治には幻滅を感じ、主に奴隷制をめぐっての北部と南部の対立から国が二分することに心を痛め、それならば詩をとおして民衆に語りかけようという気持ちを固めたようだ。

一八五五年に詩集『草の葉』を出版。ときに三十六歳、詩人の出発としては遅い部類に属するだろうが、植字工をした経験をいかしての自費出版であった。だが、さほど話題にはならなかった。そのため、若き日のホイットマンに影響を与えた当時の自由主義思想の先鋒、ラルフ・ウォルドー・エマソンに初版本を送り、それに対する讃辞の手紙を受け取るや、勝手に新聞に掲載するなどの勇み足を踏んだりしている。

そんなこともあってか、一八五〇年代後半は、ボヘミアン的な生活にも浸り、奇妙な格好で文人のたまり場に出入りすることもあった。

一八六二年、国を二分する南北戦争で戦っていた弟ジョージの負傷の報せを受けたホイットマンはワシントンDCへと向かう。幸い弟は軽傷で済んだものの、戦争の悲惨を目の当たりにして看護人として残る決意をし、結局六年間をそこで過ごすことになった。首都にいたホイットマンはまた、当時の大統領リンカーンを間近で見る機会にも恵まれ、敬愛を増していく。

だが、リンカーンは一八六五年に暗殺され、南北戦争の終結は国の分裂を修復したものの、物質主義と政治腐敗の時代をもたらす結果になった。いわゆる「金めっき時代」で、これに耐えきれなかったホイットマンは、社会批判の評論、『民主主義展望』を出版する。

一方、詩に関しては、若い頃の勢いあふれる作風も薄れ、神秘的な詩や回顧的な詩を書くようになり、「われらが白髪の詩人」(Good Gray Poet) などと親しみをこめて呼ばれるとともに、詩人としての評価も徐々に上がりはじめ、オスカー・ワイルドをはじめとするイギリス作家の訪問を受けることもあった。

そして、相変わらず『草の葉』の推敲にはげむかたわら、講演などもこなしたが、一八七三年に脳卒中に倒れると、同じ年にはニュージャージー州カムデンに移り住み、死ぬまでをそこで過ごした。享年七十二。生涯独身、女性よりも男性を好み、子孫を残すことはなかった(同性愛に関してはきわめて敏感なアメリカゆえ、文学批評の分野でもホイットマンのこの面が近年さかんに取りざたされている)。

このように、無垢から経験へと詩人として、また人間としてホイットマンが成熟していくさま、そしてそれと照応するかのように一九世紀アメリカの光と影が交錯するさまは、本書の詩のなかに跡づけられることと思う。また、もう少し広い視点からホイットマンの運命を考えるとき、近代化がすさまじい勢いで進むなかで古来の詩人像を必死に保ち、つらぬくという悲壮な使命感をそこに見てとれるかもしれない。それはまた、「民主主義的な詩人」というもしかしたら矛盾をはらむ存在へのしたたかな挑戦であったとも考えられよう。いずれにせよ、詩人の姿が見えにくい今の時代に、特異な存在として映ることは間違いない。

つぎに、ホイットマンの詩型式とその影響について触れておきたい。右にも書いたように、ホイットマンはイギリスの伝統的な韻律を使うことをやめ——若い頃には伝統詩型も使ってはいたが——、自由詩型を全面的に取り入れた。そして、自由詩で独特のリズムを作ったものの、実はモデルにしたものはあった。それは、ホイットマンが足しげくかよった演劇・演説・オペラなどであり、そこから朗々と歌いあげ、詠みあげ、語りかけるようなリズムを取り入れたものと思われる。

さらに、このリズムを特徴づけているのは、さまざまな繰り返しである。まず、同じ言い回しを繰り返し、積み重ねるうちに勢いがつく。ポピュラー音楽にいうグルーヴ感（のり）に近いものがここにはある。

わたしは見る、貨物と客を乗せた長い長い列車がプラット川に沿って曲がるのを、
わたしは聴く、蒸気機関車が吼えつつ疾駆し、蒸気の汽笛をかん高く響かせるのを、
わたしは聴く、汽笛が世界一壮大な風景に反響するのを、

わたしは横切る、ララミー平原を、わたしは目にする、奇岩を、孤高の岩山を、
わたしは見る、おびただしいヒエンソウと野生タマネギと荒涼としてくすんだ
セージの点在する砂漠を、……
（「インドへの道」3）

特に、ものを列挙していくやり方は、カタログ手法などとも呼ばれる。

大工は大工の歌を歌う、板や梁の長さを測りながら、
石工は石工の歌を歌う、仕事へ向かうまえも仕事を終わらせたあとも、
船頭は自分の歌を歌い、甲板員は蒸気船の甲板で歌う、
靴屋はベンチに座りながら歌い、帽子屋は立ったまま歌う、
木こりの歌、農夫の歌、朝仕事に向かうときも、昼休みにも、夕暮れにも、……
（「おれにはアメリカの歌声が聴こえる」）

さらに、繰り返しに変化をつけ、対句風に使う場合もある。「おれ自身の歌」の冒頭部分などはその典型だろう。

おれはおれを祝福し、おれのことを歌う。
そしておれがこうだと思うことを、おまえにもそう思わせてやる。

原文ならもっとはっきりする。

I celebrate myself, and sing myself,
And what I assume you shall assume,

そして、これにもさらにいろいろなパターンがある。旧約聖書のリズムから学んだという説もある。
つまるところ、イギリスの伝統がはぐくんだ洗練、そこにいたる言葉の彫琢《ちょうたく》、そういったものの対極にあるのがホイットマンの詩法である。即興かと思わせる書き方、それがもたらす愚直。右に挙げた繰り返しの技法などはまさにそれだ。しかも、それがこの詩人の美点となる。

一方、「軍鼓の響き」や「路上にて」のなかの短詩などは、勢いあふれる詩とは対照的に瞬間を切り取ってハッとさせるほどの静謐で満たすわけだが、目に映ったものを写生するかのようにそのまま書けば詩になるという発想がそこにはうかがえる。よけいな飾りを廃して、そのものを提示すること、これは二〇世紀初頭のイマジズム（写象主義）という運動の美学にもつながる。いずれにせよ、いわば「へたうま」――つまり下手だがそれが裏返されて特異な上手さに転化されること――の美学とでも呼んでいいだろう。

イマジズムのことに今触れたが、のちのアメリカ詩人たちへの影響も計り知れない。ホイットマンが世を去り、やがて二〇世紀を迎えると、モダニズムという文学運動が起こった。実験的で知的でコスモポリタンな運動だったために、ホイットマンのような詩は批判の的となった。だが、このモダニズムを主導したひとり、エズラ・パウンドも、結局は「協定」（“A Pact”）という短い詩のなかでホイットマンと和解しようと言い出す。

わたしはあなたと協定を結ぶ、ウォルト・ホイットマン――

こんなに長いこと嫌ってきたなんて。（「協定」より）

このパウンドの心変わりが予言となったのか、二〇世紀半ばに至ってモダニズムへの反動が起こったとき、「アメリカのバード」の存在が見直されはじめる。たとえば、サンフランシスコを中心に起こったビート運動などがその良い例だ。この運動の中心人物アレン・ギンズバーグは、停滞しきったアメリカ文化と政治を糾弾した詩のなかで、ホイットマンを父と仰ぐことを宣言し、「吼える」ような声をホイットマンばりの長い詩行のなかでどこまでも引き伸ばしてみせた。

だが、それはほんの一例にすぎず、さまざまなタイプのアメリカ詩人にさまざまな影響を与えてきた。たとえば、ビート派と同時期に世に出たどちらかといえば主知的なニューヨーク派詩人のひとり、ジョン・アッシュベリーなどもこのホイットマンの影響を違う形で反映させている。ホイットマンはまさにアメリカ現代詩の父と呼ぶにふさわしい。

本稿を書くにあたり、とりわけ伝記的な部分についてはデイヴィッド・S・レイノルズ（David S. Reynolds）の好著、*Walt Whitman*（オクスフォード大出版局、二〇〇五年）を参考にさせていただいた。これは、同じ著者による浩瀚《こうかん》にして画期的なホイットマンの伝記、*Walt Whitman's America: A Cultural Biography*（クノップ社、一九九六年）のいわば縮刷・普及版である。後者は題名も示唆するように、文化史的な流れのなかで詩人の生涯を捕らえなおしたものとして、今日のホイットマン研究にはほとんど必ず引用されているといっていい。

日本でも、同じ方向性のもとに編まれた論集『ホイットマンと19世紀アメリカ』（吉崎邦子・溝口健二編著、開文社出版、二〇〇五年）があるので、興味のある方は参考にされたい。

ホイットマン年譜

一八一九年

五月三一日、ニューヨーク州ロングアイランドのウェスト・ヒルズという村に八人兄弟の二番目として生まれる。大工兼農夫の父親ウォルター・ホイットマンはイギリス系、母親のルイサ・ヴァン・ヴェルサー・ホイットマンはオランダ系の血をそれぞれ引く。

一八二二年　三歳

家族とともに同じニューヨーク州のブルックリンに移り住む。

一八三〇年　一一歳

家計を助けるため、小学校を中退し、法律事務所に雑用係として勤める。ウォルター・スコットや『アラビアンナイト』など異国風の物語に耽溺。

一八三二年　一三歳

家族はロングアイランドに戻るものの、ウォルトはブルックリンに残り、「ロング・アイランド・スター」紙の植字工となり、ジャーナリストとしての第一歩を踏み出す。

一八三六年　一七歳
ニューヨークの印刷業界地区が大火事にみまわれたことで、ウォルトはロングアイランドの実家に戻り、巡回学校教師となる。

一八三八年　一九歳
教師業のあいまにもジャーナリストとして働き、週刊新聞「ロング・アイランダー」を創刊、編集者・植字工・印刷工・配達人を一手にこなす。

一八四一年　二二歳
マンハッタンに移り住み、さまざまな新聞社で記者として働きはじめるかたわら、小説、そして定型の詩も書きはじめる。

一八四二年　二三歳
禁酒奨励小説『フランクリン・エヴァンス』を発表、二万部以上を売る。

一八四六年　二七歳
民主党機関紙「ブルックリン・デイリー・イーグル」の編集長となり、西部への奴隷制拡張反対の記事などに健筆をふるう。

一八四八年　二九歳
健筆をふるいすぎて新聞社をクビになるが、数週間後にはニューオーリンズの新聞社に雇われ、一四歳年下の弟ジェフとともに三ヶ月をそこで過ごす。

一八五四年　三五歳
父親の死。

一八五五年　三六歳
書きためた詩をまとめ、ブルックリンの印刷所で詩集『草の葉』初版をみずからの手で印刷・出版する。哲学者のラルフ・ウォルドー・エマソンにも詩集を送り、絶賛される。

一八五六年　三七歳
『草の葉』第二版。

一八六〇年　四一歳
『草の葉』第三版。

一八六二年　四三歳
前年に勃発した南北戦争で弟ジョージが負傷したことを知り、首都ワシントンにおもむく。戦争の悲惨にふれ、そのまま内務省に勤めるかたわら、多くの病院をおとずれ、ヴォランティアの看護人としても働く。

一八六五年　四六歳
ワシントン滞在中のこの年、リンカーン大統領暗殺という事件が起き、大きなショックを受ける。内務省を解雇される。

一八六七年　四八歳
『草の葉』第四版。

一八六八年　四九歳
『草の葉』からの選集がロンドンでも出版される。

一八七一年　五二歳
『草の葉』第五版。南北戦争後のアメリカの状況を憂えた評論『民主主義展望』を出版。

一八七三年　五四歳
脳卒中にみまわれる。ニュージャージー州カムデンへ移住。

一八八一年　六二歳
『草の葉』第六版。

一八八二年　六三歳
カムデンのミクル通りに家を購入。

一八八八年　六九歳
『自選日記』出版。
二度目の脳卒中。

一八九二年　七二歳
『草の葉』死の床版。三月二六日、自宅にて息をひきとり、カムデンのハーリー墓地に葬られる。

訳者あとがき

ホイットマンの詩に出会ったのは大学二年生のときのことだ。アメリカ文学史という科目を受講したとき、教科書として使われた分厚いアメリカ文学選集のなかではじめて目にした。授業中の発表者を割り当てるとき、ホイットマンの「おれ自身の歌」に、あとさきも考えず手を挙げた。すでに長い小説よりもコンパクトな詩のほうが好き、と自分の性向を見きわめたというか、決めつけていたからかもしれない。

ところが、あらためて教科書を開いてみたら五十二編からなるとてつもなく長い詩ではないか。しまったと思ったが、発表は十月だったので、夏休みにひたすら辞書を引き引きとにかく読んだ。もちろん、二十歳の英語力で原詩ともろに格闘したので、当然ながらあまり理解はできなかったはずだが、それでも暗中模索のさなか、ときおり鮮烈な詩句に出会って忘れがたい印象を受けた。今でもおぼえているのは、ポツンと置かれた次の一行を発見したときのことである。

A morning-glory at my window satisfies me more than the metaphysics of books.

窓辺のアサガオを見ると心満たされる、本に並べられたゴタクなどよりはるかに。

（「おれ自身の歌」24歌　本文未収録）

何という明快な物言いだろう。しかも、朝の光のなかの爽やかなアサガオと、重々しくてかびくさい本との対照も見事だ。さらに、物語的な構成などなさそうな混沌として長大な詩篇、いわば怒濤のようなマグマが流れるなかに、時おりこんなつぶやきにも似た断片がキラリと光ること、その緩急の妙、変幻自在なところに波長が合うと思った。その後アメリカ現代詩を研究するようになった最初のきっかけだろう。

もっとも、訳者の研究はやがて二〇世紀初頭の詩へと移り、最近ではさらに現代へと引き寄せられたが、研究書などを読むにつけ、いわば角を曲がるごとにほとんどいつもホイットマンに出くわす。この詩人は、いろいろな意味でアメリカ現代詩の原器なのであり、無視することの不可能な存在なのである。というわけで、若い頃から今日までこの詩人への興味を持ちつづけてきて、ここに抄訳という形ながら翻訳を出すことができたのは望外の喜びというほかはない。

もちろん、翻訳ということになれば、詩はかなり困難なジャンルのひとつだ。言葉を移す段階で失われるものが大きすぎる。それでも、できるかぎり意味よりも調子を重視して訳したつもりである。たとえば、ホイットマンはやたらに同じ言い回しを繰り返すので、あえてそれを強調してみた。単調さの悪徳も美徳も、この詩人の持ち味ということで。

また、本シリーズは「古典新訳文庫」と銘打っているので、訳語ができるだけ現代日本語の調子を帯びたものになるように心がけた。

さらに、既訳との差異化も計ったつもりである。既訳で今までまずなかった点は、異論もあろうが、この詩人の若い頃(といっても三十代後半だが)の作品では一人称を「おれ」にし、その後は「ぼく」、そして老境にいたって「わたし」にしたことである。初期、中期、後期と作風がくっきり分かれるので、血気盛んな男がだんだん枯れていくさまを辿れるようにという発想からである。

全体のコンセプトについても、既訳を意識した。これまでの訳詩集でいえば、酒本雅之氏による『草の葉』全訳（三巻本・岩波文庫）が代表的であることに異論はないだろう。そもそも、本書の訳出にあたっては、文字通りの偉業であるこの版を参考にさせていただいた。その一方で、この大変な労作は、ホイットマンにはじめて興味を持った読者には重厚すぎて近よりがたい雰囲気もただよわせている。その意味で、代表作ばかり、それも長いものは抄訳として収めた本書が、入門版になってくれれば、というのが訳者の願いである。

さらに、この版では、原詩も併載してあるので、訳者としては何とも恐ろしいことながら、ぜひそちらも味わっていただきたい。なお、酒本訳と同じ岩波文庫には、やはりバイリンガル版の木島始訳『〈対訳〉ホイットマン詩集』もあり、こちらは本書と同じように抄訳でありながら、詩の選択がこの訳者らしく独特で、また横組みで製本されて左右の頁に訳詩と原詩が並置されている。

末筆ながら、原詩についての質問に答えてくださったビル・コーベット（Bill

Corbett）氏とエド・バレット（Ed Barrett）氏、また、アメリカ詩を訳さないかと提案し、紹介の労を取ってくださった上智大学英文学科の同僚小林章夫氏、そして実際の編集段階でご苦労いただいた駒井稔氏、今野哲男氏、そして編集部の方々にこの場を借りて感謝の意を申しのべる。

二〇〇七年四月

飯野友幸

光文社古典新訳文庫

おれにはアメリカの歌声《うたごえ》が聴《き》こえる
——草《くさ》の葉《は》（抄）

著者　ホイットマン
訳者　飯野《いいの》 友幸《ともゆき》

2007年6月20日　初版第1刷発行
2025年3月30日　第6刷発行

発行者　三宅貴久
印刷　大日本印刷
製本　大日本印刷

発行所　株式会社光文社
〒112-8011東京都文京区音羽1-16-6
電話　03（5395）8162（編集部）
03（5395）8116（書籍販売部）
03（5395）8125（制作部）
www.kobunsha.com

落丁本・乱丁本は制作部へご連絡くだされば、お取り替えいたします。
ISBN978-4-334-75131-9 Printed in Japan

いま、息をしている言葉で、もういちど古典を

長い年月をかけて世界中で読み継がれてきたのが古典です。奥の深い味わいある作品ばかりがそろっており、この「古典の森」に分け入ることは人生のもっとも大きな喜びであることに異論のある人はいないはずです。しかしながら、こんなに豊饒で魅力に満ちた古典を、なぜわたしたちはこれほどまで疎んじてきたのでしょうか。

ひとつには古臭い教養主義からの逃走だったのかもしれません。真面目に文学や思想を論じることは、ある種の権威化であるという思いから、その呪縛から逃れるために、教養そのものを否定しすぎてしまったのではないでしょうか。

いま、時代は大きな転換期を迎えています。まれに見るスピードで歴史が動いていくのを多くの人々が実感していると思います。

こんな時わたしたちを支え、導いてくれるものが古典なのです。「いま、息をしている言葉で」——光文社の古典新訳文庫は、さまよえる現代人の心の奥底まで届くような言葉で、古典を現代に蘇らせることを意図して創刊されました。気取らず、自由に、心の赴くままに、気軽に手に取って楽しめる古典作品を、新訳という光のもとに読者に届けていくこと。それがこの文庫の使命だとわたしたちは考えています。

このシリーズについてのご意見、ご感想、ご要望をハガキ、手紙、メール等で翻訳編集部までお寄せください。今後の企画の参考にさせていただきます。
メール　info@kotensinyaku.jp

光文社古典新訳文庫　好評既刊

地下室の手記
ドストエフスキー／安岡《やすおか》治子《はるこ》●訳

理性の支配する世界に反発する主人公は、「自意識」という地下室に閉じこもり、自分を軽蔑した世界をあざ笑う。それは孤独な魂の叫び声だった。後の長編へつながる重要作。

白夜／おかしな人間の夢
ドストエフスキー／安岡《やすおか》治子《はるこ》●訳

ペテルブルグの夜を舞台に内気で空想家の青年と少女の出会いを描いた初期の傑作「白夜」など珠玉の4作。長篇とは異なるドストエフスキーの〝意外な〟魅力が味わえる作品集。

死の家の記録
ドストエフスキー／望月《もちづき》哲男《てつお》●訳

恐怖と苦痛、絶望と狂気、そしてユーモア。囚人たちの驚くべき行動と心理、その人間模様を圧倒的な筆力で描いたドストエフスキー文学の特異な傑作が、明晰な新訳で蘇る！

ステパンチコヴォ村とその住人たち
ドストエフスキー／高橋《たかはし》知之《ともゆき》●訳

帰省したら実家がペテン師に乗っ取られていた！　人の良すぎる当主、無垢なる色情魔、胸に一物ある客人たち…。奇天烈な人物たちが巻き起こすドタバタ笑劇。文豪前期の傑作。

賭博者
ドストエフスキー／亀山《かめやま》郁夫《いくお》●訳

舞台はドイツの町ルーレッテンブルグ。「偶然こそ真実」とばかりに、金に群がり、偶然に賭け、運命に嘲笑される人間の末路を描いた、ドストエフスキーの〝自伝的〟傑作！

イワン・イリイチの死／クロイツェル・ソナタ
トルストイ／望月《もちづき》哲男《てつお》●訳

裁判官が死と向かい合う過程で味わう心理的葛藤を描く「イワン・イリイチの死」。地主貴族の主人公が嫉妬がもとで妻を殺す「クロイツェル・ソナタ」。著者後期の中編二作。

光文社古典新訳文庫　好評既刊

絶望

ナボコフ／貝《かい》澤《ざわ》哉《はじめ》◉訳

ベルリン在住のビジネスマンのゲルマンは、自分と〝瓜二つ〟の浮浪者を偶然発見する。そして、この男を身代わりにした保険金殺人を企てるのだが…。ナボコフ初期の傑作！

偉業

ナボコフ／貝《かい》澤《ざわ》哉《はじめ》◉訳

ロシア育ちの多感な少年は母に連れられクリミアへ、そして革命を避けるようにアルプス、そしてケンブリッジで大学生活を送るのだが…。ナボコフの〝自伝的青春小説〟が新しく蘇る。

桜の園／プロポーズ／熊

チェーホフ／浦《うら》雅《まさ》春《はる》◉訳

美しい桜の園に5年ぶりに当主ラネフスカヤ夫人が帰ってきた。彼女を喜び迎える屋敷の人々。しかし広大な領地は競売にかけられることに…（「桜の園」）。他ボードビル2篇収録。

ワーニャ伯父さん／三人姉妹

チェーホフ／浦《うら》雅《まさ》春《はる》◉訳

人生を棒に振った後悔の念にさいなまれる「ワーニャ伯父さん」。モスクワへの帰郷を夢見ながら、出口のない現実に追い込まれていく「三人姉妹」。人生の悲劇を描いた傑作戯曲。

ヴェーロチカ／六号室

チェーホフ傑作選

チェーホフ／浦《うら》雅《まさ》春《はる》◉訳

無気力、無感動、怠惰、閉塞感……悩める文豪が自身の内面に向き合った末に生まれた、こころと向き合うすべての大人に響く迫真の短篇6作品を収録。

初恋

トゥルゲーネフ／沼《ぬま》野《の》恭《きょう》子《こ》◉訳

少年ウラジーミルは、隣に引っ越してきた公爵令嬢ジナイーダに恋をした。だがある日、彼女が誰かに恋していることを知る…。著者自身が「もっとも愛した」と語る作品。

光文社古典新訳文庫　好評既刊

鼻／外套／査察官
ゴーゴリ／浦《うら》雅春《まさはる》◉訳

正気の沙汰とは思えない、奇妙きてれつな出来事。グロテスクな人物。増殖する妄想と虚言の世界を落語調の新しい感覚で訳出した、著者の代表作三編を収録。

現代の英雄
レールモントフ／高橋《たかはし》知之《ともゆき》◉訳

カフカス勤務の若い軍人ペチョーリンの乱行について聞かされた「私」は、どこか憎めないその人柄に興味を覚え、彼の手記を手に入れる…。ロシアのカリスマ的作家の代表作。

二十六人の男と一人の女　ゴーリキー傑作選
ゴーリキー／中村《なかむら》唯史《ただし》◉訳

パン職人たちの哀歓を歌った表題作、港町のアウトローの郷愁と矜持を描いた「チェルカッシ」など、社会の底辺で生きる人々の活力と哀愁に満ちた、初期・中期の4篇を厳選。

われら
ザミャーチン／松下《まつした》隆志《たかし》◉訳

地球全土を支配下に収めた〈単一国〉。その国家的偉業となる宇宙船〈インテグラル〉の建造技師は、古代の風習に傾倒する女に執拗に誘惑されるが…。ディストピアSFの傑作。

オブローモフの夢
ゴンチャロフ／安岡《やすおか》治子《はるこ》◉訳

稀代の怠け者である主人公が、朝、目覚めても起き上がらず微睡《まどろ》むうちに見る夢を綴った「オブローモフの夢」。長編『オブローモフ』の土台となった一つの章を独立させて文庫化。

帝国主義論
レーニン／角田《つのだ》安正《やすまさ》◉訳

二十世紀初期に書かれた著者の代表的論文。ソ連崩壊後、社会主義経済を意識しなくなり、変貌を続ける二十一世紀の資本主義を理解するうえで改めて読む意義のある一作。

光文社古典新訳文庫　好評既刊

レーニン

トロツキー／森《もり》田《た》 成《せい》也《や》◉訳

子犬のように転げ笑い、獅子のように怒りに燃えるレーニン。彼の死後、スターリンによる迫害の予感の中で、著者は熱い共感と冷静な観察眼で〝人間レーニン〟を描いている。

永続革命論

トロツキー／森《もり》田《た》 成《せい》也《や》◉訳

自らが発見した理論と法則によって、ロシア革命を勝利に導いたトロツキーの革命理論が現代に甦る。本邦初訳の「レーニンとの意見の相違」ほか五論稿収録。

ロシア革命とは何か　トロツキー革命論集

トロツキー／森《もり》田《た》 成《せい》也《や》◉訳

ロシア革命の理論的支柱だったトロツキーの、革命を予見し、指導し、擁護した重要論文（「コペンハーゲン演説」など）6本を厳選収録。革命の本質を理解する100周年企画第1弾。

変身／掟の前で　他2編

カフカ／丘《おか》沢《ざわ》 静《しず》也《や》◉訳

家族の物語を虫の視点で描いた「変身」をはじめ、「掟の前で」「判決」「アカデミーで報告する」までカフカの傑作四篇を、最新の〈史的批判版全集〉にもとづいた翻訳で贈る。

田舎医者／断食芸人／流刑地で

カフカ／丘《おか》沢《ざわ》 静《しず》也《や》◉訳

猛吹雪のなか往診先の患者とその家族とのやり取りを描く「田舎医者」、人気凋落の断食芸を続ける男「断食芸人」など全8編。「歌姫ヨゼフィーネ、またはハツカネズミ族」も収録。

訴　訟

カフカ／丘《おか》沢《ざわ》 静《しず》也《や》◉訳

銀行員ヨーゼフ・Kは、ある朝、とつぜん逮捕される…。不条理、不安、絶望ということばで語られてきた深刻ぶった『審判』は、軽快で喜劇のにおいのする『訴訟』だった！

光文社古典新訳文庫　好評既刊

若きウェルテルの悩み

ゲーテ／酒寄《さかより》進一《しんいち》◉訳

故郷を離れたウェルテルが恋をしたのは婚約者のいるロッテ。関わるほどに愛情とともに深まる絶望。その心の行き着く先は……。世界文学史に燦然と輝く文豪の出世作。

黄金の壺／マドモワゼル・ド・スキュデリ

ホフマン／大島《おおしま》かおり◉訳

美しい蛇に恋した大学生を描いた「黄金の壺」、天才職人が作った宝石を持つ貴族が襲われる「マドモワゼル・ド・スキュデリ」ほか、鬼才ホフマンが破天荒な想像力を駆使する珠玉の四編！

砂男／クレスペル顧問官

ホフマン／大島《おおしま》かおり◉訳

サイコ・ホラーの元祖と呼ばれる、恐怖と戦慄に満ちた傑作「砂男」、芸術の圧倒的な力とそれゆえの悲劇を幻想的に綴った「クレスペル顧問官」など、怪奇幻想作品の代表傑作三篇。

くるみ割り人形とねずみの王さま／ブランビラ王女

ホフマン／大島《おおしま》かおり◉訳

くるみ割り人形の導きで少女マリーが不思議の国の扉を開ける「くるみ割り人形とねずみの王さま」。役者とお針子の恋が大騒動に発展する「ブランビラ王女」。ホフマン円熟期の傑作二篇。

ネコのムル君の人生観（上）

ホフマン／鈴木《すずき》芳子《よしこ》◉訳

人のことばを理解し、読み書きを習得した雄ネコのムルが綴る自伝と、架空の音楽家クライスラーの伝記が交差する奇才ホフマンによる傑作長編。世界に冠たるネコ文学！

ネコのムル君の人生観（下）

ホフマン／鈴木《すずき》芳子《よしこ》◉訳

ネコ学生組合への加入、決闘、そして上流階級体験……。若々しさと瑞々しい知性、気負いがぶつかり合う修業時代から成熟期まで、血気盛んな若者としての成長が描かれる。

光文社古典新訳文庫　好評既刊

車輪の下で

ヘッセ／松《まつ》永《なが》 美《み》穂《ほ》◉訳

神学校に合格したハンスだが、挫折し、故郷で新たな人生を始める…。地方出身の優等生が、思春期の孤独と苦しみの果てに破滅へと至る姿を描いた自伝的物語。

ペーター・カーメンツィント

ヘッセ／猪《いの》股《また》 和《かず》夫《お》◉訳

ペーターは文筆家を目指し都会に出る。友を得、恋もしたが異郷放浪の末、生まれ故郷の老父のもとに戻り…。ヘッセ〝青春小説〟の原点とも言えるデビュー作。（解説・松永美穂）

デーミアン

ヘッセ／酒《さか》寄《より》 進《しん》一《いち》◉訳

年上の友人デーミアンの謎めいた人柄と思想に影響されたエーミールは、やがて真の自己を求めて深く苦悩するようになる。いまも世界中で熱狂的に読み継がれている青春小説。

マルテの手記

リルケ／松《まつ》永《なが》 美《み》穂《ほ》◉訳

青年詩人マルテが、幼少の頃の記憶、生と死をめぐる考察、日々の感懐などの断片を書き連ねていく…。リルケ自身のパリでの体験をもとにした、沈思と退廃の美しさに満ちた長編小説。

寄宿生テルレスの混乱

ムージル／丘《おか》沢《ざわ》 静《しず》也《や》◉訳

いじめ、同性愛…。寄宿学校を舞台に、少年たちは未知の国を体験する。言葉では表わしきれない思春期の少年たちの、心理と意識の揺れを描いた、ムージルの処女作。

三文オペラ

ブレヒト／谷《たに》川《がわ》 道《みち》子《こ》◉訳

貧民街のヒーロー、メッキースは街で偶然出会ったポリーを見初め、結婚式を挙げるが、彼女は、乞食の元締めの一人娘だった…。猥雑なエネルギーに満ちたブレヒトの代表作。

光文社古典新訳文庫　好評既刊

グレート・ギャッツビー

フィッツジェラルド／小川《おがわ》高義《たかよし》◉訳

いまや大金持ちのギャッツビーが富を築き上げてきたのは、かつての恋人を取り戻すためだった。だがその一途な愛は、やがて悲劇を招く。リアルな人物造形を可能にした新訳。

若者はみな悲しい

フィッツジェラルド／小川《おがわ》高義《たかよし》◉訳

アメリカが最も輝いていた一九二〇年代を代表する作家が、若者と、かつて若者だった大人たちのリアルな姿をクールに皮肉を交えて描きだす、珠玉の自選短編集。本邦初訳多数。

武器よさらば（上・下）

ヘミングウェイ／金原《かねはら》瑞人《みずひと》◉訳

第一次世界大戦の北イタリア戦線。負傷兵運搬の任務に志願したアメリカの青年フレデリック・ヘンリーは、看護婦のキャサリン・バークリと出会う。二人は深く愛し合っていくが…。

月と六ペンス

モーム／土屋《つちや》政雄《まさお》◉訳

天才画家が、地位や名誉を捨て、恐ろしい病魔に冒されながら最期まで絵筆を離さなかったのは何故か。作家の「私」が、知られざる過去と、情熱の謎に迫る。（解説・松本 朗）

モーリス

フォースター／加賀山卓朗《かがやまたくろう》◉訳

同性愛が犯罪だった頃の英国で、社会規範と自らの性との狭間に生きる青年たちの、苦悩と選択を描く。著者の死後に発表されて話題となった禁断の恋愛小説。（解説・松本 朗）

ハワーズ・エンド

フォースター／浦野《うらの》郁《かおる》◉訳

二十世紀初頭の英国。富裕なウィルコックス家と、ドイツ系で教養豊かなシュレーゲル姉妹、そして貧しいバスト家の交流を通じ、格差を乗り越えようとする人々の困難を描く。

チャタレー夫人の恋人
D・H・ロレンス／木村《きむら》政則《まさのり》●訳

上流階級の夫人のコニーは戦争で下半身不随となった夫の世話をしながら、森番メラーズと逢瀬を重ねる…。地位や立場を超えた愛に希望を求める男女を描いた至高の恋愛小説。

野性の呼び声
ロンドン／深町《ふかまち》眞理子《まりこ》●訳

犬橇が唯一の通信手段だったアラスカ国境地帯。橇犬バックは、大雪原を駆け抜け、力が支配する世界で闘ううち、その血に眠っていたものが目覚めるのだった。（解説・信岡朝子）

幸福な王子／柘榴の家
ワイルド／小尾《おび》芙佐《ふさ》●訳

ひたむきな愛を描く「幸福な王子」、わがままな男と子どもたちの交流を描く「身勝手な大男」など、道徳的な枠組に収まらない、大人にこそ読んでほしい童話集。（解説・田中裕介）

サイラス・マーナー
ジョージ・エリオット／小尾《おび》芙佐《ふさ》●訳

友と恋人に裏切られ故郷を捨てたサイラスは、機を織って金貨を稼ぐだけの孤独な暮らしを続けていた。そこにふたたび襲いかかる災難。絶望の彼を救ったのは…。（解説・冨田成子）

ミドルマーチ（全4巻）
ジョージ・エリオット／廣野《ひろの》由美子《ゆみこ》●訳

若くて美しいドロシアが、五十がらみの陰気な牧師と婚約したことに周囲は驚くが…。個人の心情をつぶさに描き、壮大な社会絵巻として完成させた「偉大な英国小説」第1位！

サロメ
ワイルド／平野《ひらの》啓一郎《けいいちろう》●訳

継父ヘロデ王の御前で艶やかに舞った王女サロメが褒美に求めたものは、囚われの預言者ヨカナーンの首だった。少女の無垢で残酷な激情と悲劇的結末を描く。（解説・田中裕介）

光文社古典新訳文庫　好評既刊

ドリアン・グレイの肖像

ワイルド／仁木《にき》めぐみ◉訳

美貌の青年ドリアンに魅了される画家バジル。ドリアンを快楽に導くヘンリー卿。堕落しても美しいままのドリアン。その秘密は彼の肖像画に隠されていたのだった。（解説・日髙真帆）

すばらしい新世界

オルダス・ハクスリー／黒原《くろはら》敏行《としゆき》◉訳

26世紀、人類は不満と無縁の安定社会を築いていたが…。現代社会の行く末に警鐘を鳴らしつつも、その世界を闊歩する魅惑的人物たちの姿を鮮やかに描いた近未来ＳＦの決定版。

赤い小馬／銀の翼で

スタインベック傑作選

ジョン・スタインベック／芹澤《せりざわ》恵《めぐみ》◉訳

農家の少年が動物の生と死に関わる自伝的中篇「赤い小馬」、綿摘みの一家との心温まる出会いを描いた名作「朝めし」、近年再発見された「銀の翼で」（本邦初訳）など八篇。

説得

オースティン／廣野《ひろの》由美子《ゆみこ》◉訳

周囲から説得され、若き海軍士官ウェントワースとの婚約を破棄したアン。八年後、二人はぎこちない再会を果たすが……。大人の恋愛の心情を細やかに描いた、著者最後の長篇。

黒馬物語

アンナ・シューウェル／三辺《さんべ》律子《りつこ》◉訳

母と過ごした幸せな仔馬時代から、優しいご主人の厩舎での活躍、都会の馬車馬としての過酷な運命まで、一頭の馬の波乱に満ちた一生を馬自身の視点から描いた動物文学の名作。

カーミラ

レ・ファニュ傑作選

レ・ファニュ／南條《なんじょう》竹則《たけのり》◉訳

恋を語るように甘やかに、妖しく迫る美しい令嬢カーミラに魅せられた少女ローラは日に日に生気を奪われ……。ゴシック小説の第一人者レ・ファニュの表題作を含む六編を収録。